세 마리 **토**끼 잡는 독**서** 논술

B2
초2~초3

저자: 지에밥 창작연구소_

'지에밥'은 '찐 밥'이라는 뜻을 가진 순우리말로, 감주 · 막걸리 · 인절미 등 각종 음식의 재료를 뜻합니다.
'지에밥 창작연구소'는 차지고 윤기 나는 밥을 짓는 어머니의 정성처럼 좋은 내용으로 세상 모든 사람들에게
넉넉하게 쓰일 수 있는 지혜를 선물하고 싶습니다.

이 책을 쓴 지에밥 연구원들_

강영주(지에밥 창작연구소 소장, 빨간펜 논술, 기탄 국어 등 기획 개발), 김경선(동화작가 및 기획 편집자),
김혜란(동화작가, 아동문학가협회 회원), 왕입분(동화작가 및 기획 편집자), 우현옥(동화작가), 이현정(동화작가),
이혜수(기획 편집자), 이현정(동화작가 및 기획 편집자), 정성란(동화작가), 조은정(동화작가 및 기획 편집자),
최성옥(기획 편집자), 한현주(동화작가), 한화주(동화작가), 홍기운(동화작가 및 기획 편집자)

이 책을 감수한 선생님들_

권영민(서울대학교 국어국문학과 교수), 홍준의(서원대학교 과학교육과 교수),
김병구(숙명여자대학교 의사소통센터 교수), 문영진(전북대학교 국어교육과 교수), 조현일(원광대학교 국어교육과 교수),
김건우(대전대학교 국어국문학과 교수), 유호종(서울대학교 철학박사), 구자송(상암고등학교 국어 교사),
김영근(서울과학고등학교 국어 교사), 최영환(여의도고등학교 국어 교사), 구자관(한성과학고등학교 국어 교사),
윤성원(한성과학고등학교 국어 교사), 장원영(세화고등학교 역사 교사), 박영희(대왕중학교 과학 교사),
심선희(서울고등학교 과학 교사), 한문정(숙명여자고등학교 과학 교사)

세 마리 토끼 잡는 독서 논술 B2권

펴낸날 2024년 5월 15일 개정판 제10쇄
지은이 지에밥 창작연구소 | **연구원** 이자원, 박수희 | **펴낸이** 주민홍 | **펴낸곳** ㈜NE능률 | **디자인** framewalk | **삽화** 김석류(표지, 캐릭터) | **영업** 한기영,
이경구, 박인규, 정철교, 김중희, 김남준, 이우현, 정민욱 | **마케팅** 박혜선, 남경진, 허유나, 이지원, 김여진 | **주소** 서울특별시 마포구 월드컵북로 396(상암동)
누리꿈스퀘어 비즈니스타워 10층(우편번호 03925) | **전화** (02)2014-7114 | **팩스** (02)3142-0356 | **홈페이지** www.nebooks.co.kr | **출판등록** 제1-68호
ISBN 979-11-253-3083-7 | 979-11-253-3112-4 (set)

펴낸날 2012년 3월 1일 1판 1쇄
기획 개발 지에밥 창작연구소 | **디자인 기획 진행** 고정선 | **디자인** 유정아, 박지인, 이가영, 김지희 | **삽화** 오유선, 안준석, 정현정, 윤은하, 김민석, 윤찬진, 정효빈,
김승민

제조년월 2024년 5월 **제조사명** ㈜NE능률 **제조국** 대한민국 **사용 연령** 9~10세

〈세 마리 토끼 잡는 독서 논술〉을 펴내며

 ## 하루하루 성장하는
내 아이의 모습을 확인하길 바라며

프랑스의 유명한 정신 분석학자이자 철학자인 라캉은 인간이 성장한다는 것은 '상징계'에 편입되는 것이라고 말했습니다. 그가 말한 상징계란 '언어를 매개로 소통하는 체계'를 의미하는데, 우리가 살아가는 세상 혹은 사회가 바로 그것입니다. 결국 한 아이가 태어나서 정신적으로 성장하는 아동기에서 가장 중요한 것은 언어로 소통하는 능력을 키우는 일입니다. 〈세 마리 토끼 잡는 독서 논술〉은 이와 같은 점에 주목하여 기획하고 구성하였습니다.

첫째, 문자 언어를 비롯하여 그림, 도표 등 다양한 상징체계를 이해하는 과정을 통해 통합적인 언어 이해력을 키울 수 있도록 하였습니다.

둘째, 텍스트 이해력뿐만 아니라 추론 능력, 구성(표현) 능력, 비판적 사고 능력 등을 통합적으로 길러서 여러 가지 문제를 해결하는 데 실질적으로 도움이 될 수 있도록 하였습니다.

셋째, 초등 교육과정의 핵심 내용과 밀접하게 연계되도록 설계하였습니다.

부모님보다 더 훌륭한 스승은 없습니다. 〈세 마리 토끼 잡는 독서 논술〉은 부모님 이외의 다른 어떤 선생님도 필요 없습니다. 이 학습 프로그램을 통해서 하루하루 성장하는 내 아이의 모습을 확인하는 기쁨을 누리시길 바랍니다.

세마리 토끼잡는 독서논술 이란?

어떤 책인가요?

하나의 주제와 관련된 다양한 글(동화, 시, 수필, 만화, 논설문, 설명문, 전기문 등)을 읽고 통합 교과적인 문제를 풀면서 감각적 언어 능력(작품의 이해와 감상)과 논리적 이해 능력(비문학의 구조, 추론, 적용 등), 국어 지식(어휘, 문법 등), 사회와 과학 내용 등을 통합적으로 익히는 독서 논술 프로그램 학습지입니다.

몇 단계, 몇 권인가요?

〈세 마리 토끼 잡는 독서 논술〉은 다음과 같이 총 5단계, 25권입니다.

단계	P단계	A단계	B단계	C단계	D단계
대상 학년	유아~초등 1년	초등 1년~2년	초등 2년~3년	초등 3년~4년	초등 5년~6년
권 수	5권	5권	5권	5권	5권

세 마리 토끼란?

'독서', '사고', '통합 교과'의 세 가지 영역을 말합니다. 즉, 한 권의 독서 논술 책으로 다양한 장르의 글을 읽을 수 있고, 논술 문제를 풀면서 사고력을 기를 수 있으며, 초등학교 주요 교과 내용과 연계된 문제를 풀면서 통합 교과 학습을 할 수 있습니다.

 독서
* 각 단계에 맞게 초등학교의 주요 교과 내용을 주제로 정함.
* 각 권의 주제와 관련된 글을 언어, 사회, 과학 등으로 나누어 읽을 수 있음.

 사고
* 언어, 사회, 과학 등과 관련된 다양한 장르의 글을 읽고 논술 문제를 풀면서 생각하는 능력과 생각하는 폭을 확장할 수 있음.

 통합 교과
* 다양한 장르의 글을 읽고 초등학교 국어, 사회, 과학 등의 학습 내용과 관련된 문제를 풀면서 통합 교과 학습을 할 수 있음.

하루에 세 장씩 꾸준히 학습하면 세 마리 토끼를 잡을 수 있어요.

하루에 세 장씩 학습하면 한 권을 한 달에 끝낼 수 있어요.

세 마리 토끼잡는 독서논술 이런 점이 다릅니다

초등학교 교과 내용과 긴밀하게 연결되어 있습니다.
각 단계의 권별 내용과 문제는 그 단계에 맞는 학년의 주요 교과 내용과 긴밀하게 연결되어 교과 학습에 도움을 줍니다.

하나의 주제를 통합 교과적으로 접근합니다.
각 권마다 하나의 주제가 있고, 그 주제를 언어, 사회, 과학과 연결시켜서 사고를 확장할 수 있게 하였습니다. 그리고 여러 교과와 연계된 문제를 풀면서 통합 교과적인 사고를 할 수 있습니다.

다양한 서술·논술형 문제를 풀 수 있습니다.
매 페이지마다 통합 교과 논술 문제를 제시하여 생각하는 힘과 표현력을 키울 수 있는 것은 물론 학교 시험에서 강화되고 있는 서술·논술형 문제에 대비할 수 있습니다.

다양한 장르의 글을 접할 수 있습니다.
각 주제와 관련된 명작 동화, 창작 동화, 전래 동화, 설화, 설명문, 논설문, 수필, 시, 만화, 전기문 등 다양한 장르의 글을 읽으면서 각 장르의 특성을 체험하며 독서하는 습관을 기를 수 있습니다. 특히 현재 왕성하게 활동하고 있는 여러 동화 작가의 뛰어난 창작 동화가 20여 편 수록되어 있습니다.

수준 높은 그림을 많이 제시하여 흥미롭게 학습할 수 있습니다.
어린이들은 글과 그림이 조화를 이룬 책으로 공부할 때 학습 효과를 높일 수 있습니다. 또한 좋은 그림은 어린이들의 정서 발달에 도움을 줍니다. 이런 점을 생각하여 한 페이지를 넘길 때마다 수준 높은 그림을 제시하여 어린이들이 흥미롭게 학습할 수 있도록 하였습니다.

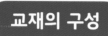

세 마리 토끼잡는 독서논술은 이렇게 구성되었습니다

독서 전 활동　생각 열기

★ 한 주의 학습을 시작하기 전에 주제와 관련된 사진이나 그림을 보고, 앞으로 학습할 내용에 대해 흥미를 가질 수 있도록 하였습니다.

★ '생각 톡톡'의 문제를 풀면서 주제에 대한 자신의 경험이나 평소 생각을 돌이켜 보며 앞으로 학습할 내용을 짐작할 수 있도록 하였습니다.

★ 통합 교과 활동과 이어질 교과서의 연계 교과를 보며 교과 내용을 참고할 수 있도록 하였습니다.

독서 중 활동　깊고 넓게 생각하기

★ 한 권에 하나의 주제가 있고, 그 주제를 언어, 사회, 과학으로 나누어서 다양한 장르의 글을 읽으며 통합 교과 문제와 논술 문제를 풀 수 있도록 구성하였습니다.

★ 1주는 언어, 2주는 사회, 3주는 과학과 관련된 제재로 구성하였고, 4주는 초등 교과에서 다루고 있는 여러 가지 장르별 글쓰기(일기, 동시, 관찰 기록문, 기행문, 독서 감상문, 기사문, 논설문, 설명문, 희곡 등)와 명화 감상, 체험 학습 등의 통합 교과 활동으로 구성하였습니다.

독서 후 활동　생각 정리하기

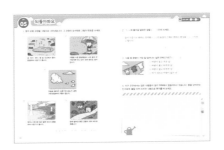

되돌아봐요

★ 앞에서 읽은 글을 돌이켜 보면서 이야기의 흐름과 중심 생각을 파악하고, 더 나아가 자신의 생각을 발전시키는 문제를 풀 수 있도록 하였습니다. 이를 통해 한 주 동안 읽고 생각한 내용을 머릿속에서 차근차근 정리할 수 있습니다.

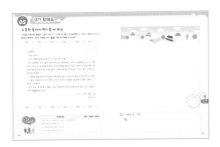

내가 할래요

★ 주제와 관련된 여러 가지 활동을 하며 한 주의 학습을 마무리할 수 있도록 하였습니다. 종이접기, 편지 쓰기, 그림 그리기 등 재미있는 활동을 하며 창의력과 상상력을 키울 수 있습니다.

★ 한 주의 학습이 끝난 다음 체크 리스트를 통해 학습한 주요 내용을 잘 이해하고 적용할 수 있는지 평가할 수 있습니다.

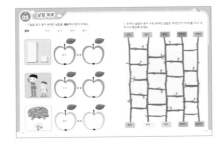

낱말 쏙쏙 (유아 P단계)

★ 한 주 동안 글을 읽으며 새로이 배운 낱말들을 그림과 더불어 살펴보고 익힐 수 있습니다.

궁금해요 (초등 A~D단계)

★ 한 주 동안 읽은 글이나 주제와 관련된 배경지식을 제공하여 앞에서 학습한 내용을 좀 더 깊이 이해할 수 있습니다.

세마리 토끼잡는 독서논술의 커리큘럼

단계	권	주제	제재			
			언어(1주)	사회(2주)	과학(3주)	통합 활동 장르별 글쓰기(4주)
P (유아 ~초1)	1	나의 몸 살피기	뾰족성의 거울 왕비	주먹이	구슬아, 어디로 가니?	몸 튼튼, 마음 튼튼
	2	예절 지키기	여우와 두루미	고양이가 달라졌어요	비비네 집으로 놀러 와!	안녕하세요?
	3	친구와 사귀기	하얀 토끼, 까만 토끼	오성과 한음	내 친구를 자랑합니다!	거꾸로 도깨비 나라
	4	상상의 즐거움	헤라클레스의 모험	용용 죽겠지?	나는야 좋은 바이러스	상상이 날개를 달았어요
	5	정리와 준비의 필요성	지우개야, 고마워!	소가 된 게으름뱅이	개미 때문에, 안 돼~!	색깔아, 모양아! 여기 모여라!
A (초1 ~초2)	1	스스로 하기	내가 해 볼래요!	탈무드로 알아보는 스스로 하는 힘	우리도 스스로 잘 살아요	일기를 써 봐요
	2	가족의 소중함	파랑새	곰이 된 아빠	동물들의 특별한 아기 기르기	편지를 써 봐요
	3	놀이의 즐거움	꼬부랑 할머니와 흰 눈썹 호랑이	한 번도 못 해 본 놀이	동물 친구들도 노는 게 좋대요	머리가 좋아지는 똑똑한 놀이
	4	계절의 멋	하늘 공주가 그린 사계절	눈의 여왕	나뭇잎을 관찰해요	동시를 써 봐요
	5	자연 보호	세모산 솔이	꿀벌 마야의 모험	파브르 곤충기 (송장벌레)	관찰 기록문을 써 봐요
B (초2 ~초3)	1	학교생활	사랑의 학교	섬마을 학교가 좋아졌어요	우리 반 사고뭉치 기동이	소개하는 글을 써 봐요
	2	호기심 과학	불개 이야기	시턴 "동물기" (위대한 통신 비둘기 아노스)	물을 훔쳐 간 범인을 찾아라!	안내하는 글을 써 봐요
	3	여행의 즐거움	하나의 빨간 모자	15소년 표류기	갯벌 탐사 여행	기행문을 써 봐요
	4	즐거운 책 읽기	행복한 왕자	멸치 대왕의 꿈	물의 여행	독서 감상문을 써 봐요
	5	박물관 나들이	민속 박물관에는 팡이가 산다	재미있는 세계 이야기 박물관	과학관으로 놀러 오세요	광고하는 글을 써 봐요

단계	권	주제	제재			
			언어(1주)	사회(2주)	과학(3주)	통합 활동 장르별 글쓰기(4주)
C (초3 ~초4)	1	교통의 발달	자동차의 왕, 헨리 포드	당나귀를 타려다가……	교통수단, 사람들 사이를 잇다	명화 속 교통수단
	2	날씨와 환경	그리스 로마 신화	북극 소년 피터	생활 속 과학	날씨와 생활
	3	나누며 사는 삶	마더 테레사	민들레 국숫집	지진과 화산	주장하는 글을 써 봐요
	4	지역의 자연환경	울산 바위의 유래	우리 마을이 최고야!	아름다운 우리 고장	우리 마을 지도를 그려 봐요
	5	지역의 문화	준치가 메기 된 날	강릉의 딸, 겨레의 어머니 신사임당	우리나라 풀꽃 이야기	지역 특산물을 소개해 봐요
D (초5 ~초6)	1	우리 역사	삼국유사	옛날 사람들은 어떻게 살았을까?	역사를 바꾼 겨레 과학	지붕 없는 박물관, 경주 역사 유적 지구
	2	문화재	반야산 불상의 전설	난중일기	우리 문화에 숨어 있는 과학	설명하는 글은 어떻게 쓸까요?
	3	경제생활	탈무드로 만나는 경제	나눔을 실천한 기업가 유일한	재미있는 확률 이야기	기사문은 어떻게 쓸까요?
	4	정보화 사회	컴퓨터 천재 빌 게이츠	봉수와 파발	컴퓨터와 인터넷 세상	연설문은 어떻게 쓸까요?
	5	세계와 우주	우주를 여행하는 과학자 스티븐 호킹	80일간의 세계 일주	별과 우주	희곡은 어떻게 쓸까요?

각 학년의 교과와 연계된 주제로 다양한 글을 읽을 수 있어요.

세 마리 토끼 잡는 독서논술 이렇게 공부하세요

자신 있게 학습할 수 있는 단계를 선택하세요.

〈세 마리 토끼 잡는 독서 논술〉은 어린이 개인의 능력에 따라 단계를 선택하여 학습할 수 있는 교재입니다. 학년과 상관없이 자신이 자신 있게 학습할 수 있는 단계부터 선택하는 것이 중요합니다. 너무 어려운 단계나 너무 쉬운 단계를 선택하면 학습에 흥미를 잃을 수 있으므로 주의하세요.

한 주 동안 읽어야 할 독서 자료를 미리 읽으세요.

한 주 동안 읽어야 할 독서 자료를 미리 읽고 전체 내용을 파악한 다음, 매일 3장씩 읽고 문제를 푸는 것이 독서 학습을 하는 데 효과적입니다. 독서에는 흐름이 있습니다. 전체의 흐름을 미리 알고 세부적인 문제를 푸는 것이 사고력 확장에 도움이 됩니다.

매일 3장씩 꾸준히 공부하세요.

'가랑비에 옷이 젖는다.'라는 속담처럼 매일 꾸준히 3장씩 읽고, 생각하고, 표현하다 보면 독서, 사고, 통합 교과적 사고 능력이 성장한다는 것을 느낄 수 있을 것입니다. 그리고 매일 학습을 마친 뒤에는 '1일 학습 끝!' 붙임 딱지를 붙이면서 성취감을 느껴 보세요.

한 주 학습을 마친 후 자기 평가를 해 보세요.

한 주 학습이 끝난 다음에는 체크 리스트를 통해 학습한 내용을 얼마나 이해하고 적용할 수 있는지 스스로 평가해 보세요. 그래서 부족한 부분이 있다면 다시 한번 짚고 넘어가세요.

부모님과 깊이 있는 대화를 나누어 보세요.

한 주 동안 독서 자료를 읽고 문제를 풀면서 생각하고 표현해 보았다면, 그 주제에 대해 부모님과 이야기를 나누어 보세요. 주제에 대해 자신이 새롭게 알게 된 것이나 다르게 생각하게 된 것을 부모님과 이야기하다 보면 생각이 더욱 커진답니다.

한 주 학습표

일	월	화	수	목	금	토

★ 한 주 동안 읽어야 할 독서 자료 미리 읽기

★ 매일 3장씩 학습하기 → '1일 학습 끝!' 붙임 딱지 붙이기 → 한 주 학습이 끝나면 체크 리스트를 보며 평가하기

★ 부족한 부분 되짚기
★ 주요 내용 복습하기

세마리 토끼 잡는 독서 논술

B단계 2권

주제	주	제목	교과 연계 내용
호기심 과학	언어(1주)	불개 이야기	[국어 2-1] 기분을 나타내는 말 알기
			[국어 3-2] 차례대로 내용 간추리기
			[국어 4-2] 글을 읽고 독서 감상문 쓰기
			[과학 3-1] 지구와 달의 여러 가지 모습 알기
			[과학 4-2] 그림자가 생기는 까닭 알기
	사회(2주)	시턴 "동물기" (위대한 통신 비둘기 아노스)	[국어 3-2] 차례대로 내용 간추리기
			[국어 4-1] 내용 요약하기 / 이어질 내용 써 보기
			[사회 3-2] 옛날 생활 모습 이해하기
			[과학 3-2] 날아다니는 동물의 특징 알기
			[통합교과 봄1] 생명의 소중함 알기
	과학(3주)	물을 훔쳐 간 범인을 찾아라!	[국어 2-1] 글에서 주요 내용 확인하기 / 주변에 있는 물건 설명하기
			[과학 3-1] 물체와 물질이 무엇인지 알기
			[과학 4-1] 도구를 활용해 무게와 부피 측정하기
			[과학 4-2] 물의 상태 변화를 정리하기
	장르별 글쓰기 (4주)	안내하는 글을 써 봐요	[국어 2-1] 글에서 주요 내용 확인하기 / 주변에 있는 물건 설명하기
			[국어 2-2] 주변 사람을 자세히 소개하기
			[국어 3-1] 설명하는 글의 특징 알기

1주

불개 이야기

생각톡톡 해가 없다면 어떤 점이 불편할지 써 보세요.

관련교과 [국어 4-2] 글을 읽고 독서 감상문 쓰기
[과학 3-1] 지구와 달의 여러 가지 모습 알기 / [과학 4-2] 그림자가 생기는 까닭 알기

01 불개 이야기

옛날, 아주 먼 옛날 하늘에 까막나라가 있었어요. 밤이나 낮이나 늘 한밤중처럼 어둡고 깜깜한 나라였지요.

"아, 정말 답답하도다. 환한 빛을 구해 올 수만 있다면……."

까막나라 사람들은 빛이 없어서 생활하기가 무척 힘들었어요. 그래서 임금님은 자주 한숨을 쉬며 근심 걱정을 했지요.

"우리나라에도 환한 빛이 나는 해와 달이 있다면 얼마나 좋을까?"

임금님은 빛을 구해 올 자를 찾았으나 아무도 나서는 자가 없었어요.

"어떻게 하면 해와 달을 구해 올 수 있을까?"

그때, 임금님 눈에 큰 개 한 마리가 눈에 띄었어요. 까막나라에는 무슨 일이든 척척 해내는 용감한 개들이 많았거든요.

"옳지, 내가 왜 지금까지 그 생각을 못 했지?"

1. '까막나라'라는 이름은 왜 붙게 되었나요? (   )

① 까만 물건이 많아서

② 사람들이 기억을 잘 잊어버려서

③ 밤이나 낮이나 항상 어둡고 깜깜해서

④ 글을 읽을 줄 모르는 사람들이 많아서

과학
탐구 2. 까막나라는 밤처럼 어두운 나라입니다. 밤의 특징으로 맞으면 ○표, 틀리면 ✕표 하세요.

⑴ 하늘이 밝습니다. (   )

⑵ 하늘이 어둡습니다. (   )

⑶ 낮에 비해 춥습니다. (   )

⑷ 밤에도 빛이 있으면 그림자가 생깁니다. (   )

▲ 밤

논술 3. 까막나라처럼 전기도 없이 밤이나 낮이나 어두운 나라가 있다면 학생들은 수업 시간에 어떻게 공부할지 써 보세요.

"여봐라, 개 중에서 가장 사나운 놈을 데려오너라."

임금님의 명령에 한 신하가 덩치가 큰 개 한 마리를 데려왔어요.

"너는 지금 당장 동쪽에 있는 인간 세상에 가서 해를 가져오너라. 그러면 너에게 큰 상을 내리겠다. 그리고 지금부터 까막나라에 빛을 가져오는 임무를 지닌 너를 불개라고 부르겠다."

"네, 알겠습니다!"

불개는 임금님 말이 끝나기가 무섭게 달리기 시작했어요. 산을 넘고 내를 건너 달리고 또 달렸지요. 몇 날 며칠을 쉬지 않고 달린 불개는 마침내 인간 세상에 닿았어요.

해가 있는 인간 세상은 깜짝 놀랄 만큼 밝고 환했어요.

'아, 저게 해로구나! 까막나라를 밝게 비출 해를 꼭 가져가야지.'

불개는 굳게 다짐하며 해를 향해 용감하게 다가갔어요.

※ **불개**: 전설에서, 일식이나 월식 때에 해나 달을 먹는다고 하는 상상의 짐승.

1. 임금님은 왜 불개에게 해를 가져오라고 했나요? (   )

① 해가 값이 많이 나가서

② 까막나라를 밝게 비추려고

③ 불개의 용감함을 시험하려고

④ 까막나라를 따뜻하게 하려고

 2. 밑줄 친 낱말과 바꾸어 쓸 수 있는 말이 <u>아닌</u> 것은 어느 것인가요? (   )

> 보기
>
> 불개는 마침내 인간 세상에 <u>닿았어요.</u>

① 떠났어요   ② 다다랐어요

③ 당도했어요   ④ 도착했어요

3. 불개에게 인간 세상의 해를 가져오라고 한 임금님은 어떤 임금님일까요? 다음에서 하나를 선택하고, 그 이유를 써 보세요.

불개는 동쪽에서 막 솟아오른 해를 입을 크게 벌리고 덥석 물었어요.

"앗, 뜨거워!"

불개는 갑자기 비명을 지르며 입에 물었던 해를 뱉어 냈어요. 해가 어찌나 뜨거운지 입이 불에 활활 타는 것 같았어요. 불개는 혀와 입을 데어 눈물이 날 정도로 아팠지만 포기할 수 없었지요.

"빛이 없어 힘들어하는 까막나라 사람들을 생각하자. 해만 가져간다면 까막나라 사람들이 더는 어두운 곳에서 힘들게 일하지 않아도 될 거야. 그리고 해를 가져오기만 한다면 임금님이 큰 상을 내린다고 하셨잖아."

불개는 정신을 차리고 천천히 해에게 다가갔어요.

"난 해를 꼭 가지고 까막나라로 돌아가야 해."

불개는 자기를 믿고 기다리는 임금님을 생각하며 마음을 굳게 먹었어요. 해가 까막나라를 밝게 비출 모습도 상상했지요.

※ **덥석**: 왈칵 달려들어 단번에 빨리 물거나 움켜잡는 모양.
※ **비명**: 일이 매우 급하거나 몹시 두려움을 느낄 때 지르는 외마디 소리.

언어 1. 불개가 까막나라에 해를 꼭 가져가야겠다고 생각한 까닭은 두 가지입니다. 나머지 한 가지 까닭을 빈칸에 쓰세요.

해를 가져가면 임금님이 큰 상을 내리기 때문이야.

과학 탐구 2. 불개는 혀와 입을 데어 눈물이 날 정도로 아팠습니다. 다음 중 눈물이 나는 경우가 <u>아닌</u> 것은 어느 것인가요? (   )

① 열심히 공부를 할 때
② 매운 고추를 먹었을 때
③ 슬픈 동화책을 읽었을 때
④ 속눈썹이 눈에 들어갔을 때

논술 3. 까막나라 사람들은 어두운 곳에서 힘들게 일했습니다. 어두운 곳에서 하기 힘든 일을 보기 처럼 두 가지만 써 보세요.

보기
• 작은 부품을 조립하여 물건을 만들기가 힘듭니다.
• 실을 바늘에 꿰는 것이 힘듭니다.

17

'이번에는 뜨거워도 꾹 참자.'

불개는 해를 향하여 와락 달려들었어요. 하지만 자기도 모르게 비명을 지르며 또다시 해를 뱉고 말았지요. 해는 아까보다 더 뜨겁게 느껴져 마치 불을 입에 물고 있는 것 같았어요.

"보통 뜨거운 게 아니구나. 그래도 꼭 가져가야 하는데……."

불개는 화끈거리는 혀를 식힌 다음, 다시 해를 물었어요.

하지만 활활 타는 불덩어리 해를 잠시도 물고 있기 어려웠지요. 몇 번 더 시도해 보았지만, 불개는 번번이 해를 뱉어 냈어요.

"임금님께서 크게 실망하실 텐데, 이를 어쩌지?"

불개는 해를 까막나라로 가져갈 방법을 고민했어요. 하지만 뾰족한 방법이 떠오르지 않아 결국 빈손으로 까막나라로 되돌아가야 했지요.

※ 번번이: 매 때마다.
※ 빈손: 돈이나 물건 따위를 아무것도 가진 것이 없는 상태를 비유적으로 이르는 말.

1. 해를 구하지 못한 불개의 마음으로 알맞지 <u>않은</u> 것은 어느 것인가요? (   )

① 슬픈 마음

② 기쁜 마음

③ 괴로운 마음

④ 실망스러운 마음

2. 태양은 빛을 냅니다. 다음 중 빛을 내는 것을 두 개 찾아 〇표 하세요.

(1)

필통 (   )

(2)

가로등 (   )

(3)

반딧불이 (   )

3. 불개는 해를 번번이 뱉어 냈습니다. '번번이'가 들어간 문장을 보기 처럼 두 개만 만들어 보세요.

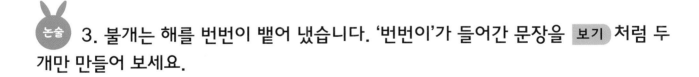

보기 친구가 약속을 <u>번번이</u> 어깁니다. 우산을 <u>번번이</u> 학교에 두고 옵니다.

"뭐라고? 해가 뜨거워서 그냥 돌아왔단 말이냐?"

임금님은 해를 가져오지 못한 불개에게 버럭 화를 냈어요.

"에잇, 그렇게 참을성이 없어서야, 원."

불개는 고개를 들지 못했어요.

불개에게 기대를 잔뜩 걸었던 임금님은 속이 무척 상했어요. 까막나라가 환해질 것이라는 기대가 산산조각이 났기 때문이지요. 곁에 있던 신하들도 실망이 이만저만이 아니었어요.

"어휴, 답답해!"

임금님은 어둠 속을 거닐며 땅이 꺼질 듯 한숨을 내쉬었어요.

"우리 까막나라가 정녕 환해질 방법이 없단 말인가?"

임금님에게 좋은 생각이 떠오른 건 바로 그때였어요. 임금님은 부리나케 불개를 다시 불렀어요.

※ **산산조각**: 아주 잘게 깨어진 여러 조각.

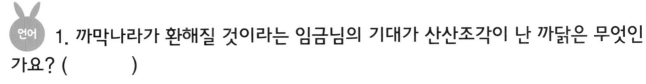 **1.** 까막나라가 환해질 것이라는 임금님의 기대가 산산조각이 난 까닭은 무엇인가요? (   )

① 심한 어둠이 몰려왔기 때문에

② 해가 빛을 내지 못했기 때문에

③ 불개가 해를 가져오지 못했기 때문에

④ 불개가 해를 가져오다가 잃어버렸기 때문에

2. 임금님은 뜨거움을 견디지 못한 불개가 참을성이 없다고 생각했습니다. 다음 중 참을성이 <u>없는</u> 친구는 누구인가요? (   )

3. 만약 불개가 해를 가져왔다면 임금님이 어떤 상장을 주었을지 빈칸에 써 보세요.

상 장

까막나라 불개

위 개는 ....

....

때문에 이 상장을 줍니다.

까막나라 임금

"네가 해가 뜨거워서 물고 올 수 없다고 했더냐?"

이번에는 임금님이 불개에게 차분하게 물었어요.

"네, 폐하."

불개는 고개를 푹 숙인 채 힘없이 대답했어요.

"그렇다면 달은 어떻겠느냐? 달은 해처럼 밝지 않으니 뜨겁지 않을 거야."

임금님은 달에 대해 단정※을 지으며 불개에게 물었어요. 그러고는 불개에게 대답할 틈도 주지 않고 명령했어요.

"지금 당장 가서 달을 가져오너라. 이번에는 반드시 성공해야 하느니라!"

"네, 이번에는 꼭 달을 가져오겠습니다."

불개는 다시 기회를 준 임금님이 무척 고마웠어요. 그래서 임금님의 말이 끝나자마자 번개처럼 달이 있는 곳으로 달려갔지요.

이번에는 무슨 일이 있어도 달을 꼭 가져오겠다는 다짐을 하면서요.

※ **단정**: 딱 잘라서 판단하고 결정함.

22

언어 1. 불개는 왜 임금님 앞에서 고개를 푹 숙였을까요? (   )

① 수줍음을 많이 타기 때문에

② 달을 가져올 자신이 없기 때문에

③ 임금님의 명령을 따르기 싫기 때문에

④ 해를 가져오지 못한 죄송한 마음 때문에

과학 탐구 2. 임금님은 불개에게 지금 당장 달을 가져오라고 했습니다. 달에 대해 바르게 설명한 것은 어느 것인가요? (   )

① 지구 주위를 돕니다.

② 달에 토끼가 삽니다.

③ 낮에 볼 수 있습니다.

④ 식물을 자라게 합니다.

 논술 3. 다음 문장에서 알 수 있는 임금님의 성격을 두 가지 이상 써 보세요.

> 달에 대해 단정을 지으며 불개에게 물었어요. 그러고는 불개에게 대답할 틈도 주지 않고 명령했어요.

불개는 쉬지 않고 부지런히 달렸어요. 힘이 들 때면 잠시 쉬고도 싶었지만, 해를 가져가지 못한 미안함에 숨이 턱에 닿도록 달리고 또 달렸어요.

이번에도 몇 날 며칠을 쉬지 않고 달린 끝에 불개는 마침내 인간 세상에 닿았어요. 해만큼은 아니었지만, 달도 무척 밝고 환했지요.

"우리나라는 밤이나 낮이나 어두운데 여기는 밤도 환하구나."

불개는 인간 세상이 부러웠어요. 한참을 달만 보던 불개는 임금님의 명령을 떠올리며 숨을 몰아쉬었지요.

"달은 꼭 가져가야지. 그래서 임금님과 사람들을 기쁘게 해 드려야 해."

불개는 몇 번이나 다짐하며 달에게 다가갔어요. 그러고는 입을 커다랗게 벌리고 냉큼 달을 물었어요.

＊ 숨이 턱에 닿다: 숨이 매우 차다.
＊ 냉큼: 머뭇거리지 않고 가볍게 빨리.

언어 **1. 불개가 한 일이 맞으면 ◯표, 틀리면 ✕표 하세요.**

(1) 불개는 쉬지 않고 열심히 달렸습니다. (   )

(2) 불개는 하루 만에 인간 세상에 도착했습니다. (   )

(3) 불개는 달이 해만큼 밝지 않아 실망했습니다. (   )

(4) 불개는 달을 꼭 가져가야겠다고 다짐했습니다. (   )

과학 탐구 **2. 이 글에 나타난 해와 달에 대하여 바르게 말한 친구는 누구인가요? (   )**

① 달과 해는 항상 같이 나타나.

② 달도 해만큼은 아니지만 무척 밝아.

③ 해와 달은 지구에서 아주 가까운 거리에 있어.

논술 **3. 불개는 까막나라에 달을 꼭 가져가고 싶었습니다. 여러분이 만약 달에 간다면 무엇을 하고 싶은지 보기 처럼 써 보세요.**

> 보기   외계인이 있는지 확인하고 싶습니다.

25

"앗, 차가워!"

불개는 깜짝 놀라 달을 도로 뱉었어요. 달이 어찌나 차가운지 이빨이 시려서 견딜 수가 없었기 때문이에요.

"이번에는 무슨 일이 있어도 꼭 달을 가져가야 하는데⋯⋯."

불개는 임금님을 또 실망시키고 싶지 않았어요. 숨을 고른 불개는 다시 한번 힘껏 달을 물었어요. 달은 이번에도 역시 입이 얼 정도로 차가웠어요. 처음 물었을 때보다 더 차갑게 느껴졌지요.

"달이 차가워서 도저히 참을 수가 없어."

불개 달을 몇 번 더 물었지만, 번번이 도로 뱉어 내야 했어요.

몸이 얼어붙을 만큼 달이 차가워 견딜 수 없었기 때문이지요. 불개는 이번에도 빈손으로 까막나라에 되돌아갔어요.

언어 1. 달을 물었을 때의 불개 표정은 어떠할까요? (   )

① 괴로운 표정   ② 행복한 표정

③ 부끄러운 표정   ④ 무서워하는 표정

과학 탐구 2. 불개는 달이 이빨이 시릴 정도로 차갑다고 했습니다. 다음 중 이가 시린 경우는 언제인가요? (   )

① 뜨거운 국물을 먹을 때

② 미지근한 물을 먹을 때

③ 차가운 아이스크림을 먹을 때

④ 비린내가 나는 생선을 먹을 때

논술 3. 불개는 이번에도 달을 가져오지 못했습니다. 많이 실망했을 불개에게 위로하는 편지글을 써 보세요.

"네 이놈, 달도 못 가져왔단 말이냐? 다시는 보기 싫으니 썩 물러가거라."

임금님은 이번에도 그냥 돌아온 불개에게 몹시 화를 냈어요. 화를 내 봐야 아무 소용이 없다는 걸 알면서도 말이에요.

불개는 임금님의 호통에 조용히 물러갔어요.

"달빛으로 까막나라를 환하게 밝힐 수 있을 줄 알았는데……."

임금님은 근심으로 잠을 이루지 못하고 밤을 새웠어요.

"빛이 있는 밝은 나라는 얼마나 좋을까!"

임금님은 깜깜한 까막나라를 생각하니 기운이 나지 않았어요.

"임금님, 잠도 주무시지 않으니 몸이 상할까 걱정입니다."

신하는 그런 임금님의 모습에 안절부절못했어요.

"휴!"

임금님의 근심은 날이 갈수록 점점 깊어졌어요.

※ **새우다**: 한숨도 자지 아니하고 밤을 지내다.
※ **안절부절못하다**: 마음이 초조하고 불안하여 어찌할 바를 모르다.

언어 1. 임금님은 왜 불개에게 몹시 화를 냈나요? (   )

① 불개가 어리석기 때문에

② 불개가 글을 모르기 때문에

③ 불개가 달을 가져오지 못했기 때문에

④ 불개가 임금의 말뜻을 잘못 알았기 때문에

1주 3일
학습 끝!

붙임 딱지 붙여요.

과학 탐구 2. 임금님은 까막나라에 햇빛이 있기를 바랐습니다. 햇빛이 우리에게 주는 고마움으로 볼 수 <u>없는</u> 것은 어느 것인가요? (   )

① 주변의 온도를 내려 줍니다.

② 세상을 환하게 비추어 줍니다.

③ 식물이 잘 자랄 수 있게 해 줍니다.

④ 햇빛을 이용하여 전기를 만들 수 있게 해 줍니다.

▲ 햇빛

논술 3. 불개에게 화를 낸 임금님처럼 여러분이 다른 사람에게 몹시 화를 냈을 때는 언제였는지 써 보세요.

"해가 있다면 얼마나 좋을까. 아니, 달이라도 있다면……."

임금님은 어둠 속을 거닐며 혼자 중얼거렸어요. 정원을 이리저리 거닐던 임금님이 갑자기 걸음을 멈추었어요.

"해와 달을 가져오지 못한 불개 말고 다른 개를 보내면 어떨까?"

임금님은 신하에게 다른 개를 데려오라고 일렀어요. 그러고는 명령했지요.

"지금부터 너를 불개로 부를 것이니 인간 세상으로 가서 해를 가져오너라!"

명령을 받은 두 번째 불개는 쏜살같이 달려가 해를 덥석 물었어요. 하지만 입이 델 것처럼 뜨거워 해를 곧 뱉어 냈어요.

두 번째 불개도 그냥 돌아오자 임금님은 또 명령했어요.

"가서 달이라도 가져오너라."

두 번째 불개는 달을 찾아 나섰지만, 얼마 뒤 빈손으로 까막나라에 돌아왔지요. 임금님의 실망은 이루 말할 수 없이 컸어요.

※ **쏜살같이**: 쏜 화살과 같이 매우 빠르게.

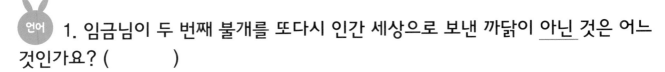
언어 1. 임금님이 두 번째 불개를 또다시 인간 세상으로 보낸 까닭이 <u>아닌</u> 것은 어느 것인가요? (   )

① 다른 불개가 힘이 세기 때문에

② 혹시 해와 달을 가져올지 모른다는 희망 때문에

③ 해와 달을 가져올 정도로 영리한 불개가 있을 수도 있기 때문에

④ 뜨거운 것과 차가운 것을 참을 수 있는 불개가 있을 수도 있기 때문에

 언어 2. '쏜살같이'를 넣어 문장을 잘 만들지 <u>못한</u> 친구는 누구인가요? (   )

① 호랑이가 쏜살같이 달렸어.

② 기차가 쏜살같이 지나갔어.

③ 거북이가 쏜살같이 도망쳤어.

논술 3. 여러분이 사용하는 물건 중에서 보기 처럼 까막나라에 꼭 필요한 것을 세 가지만 써 보세요.

보기   실내를 환히 밝힐 수 있는 전등

까막나라는 여전히 깜깜했어요. 눈을 뜨고 있어도 감고 있는 것처럼 어두웠고, 낮도 밤처럼 빛이 없었어요.

"아, 인간 세상은 얼마나 좋을까?"

임금님은 해와 달이 비추는 인간 세상을 부러워하며 까막나라에 해와 달이 없음을 한탄했어요. 그때마다 임금님은 개를 불러 불개라고 불러 주며 해와 달을 가져오라고 명령했지요.

"가서 해를 가져오너라!"

"달이라도 가져오너라!"

불개들이 번번이 실패하는 걸 알면서도 말이에요.

불개들은 인간 세상에 찾아가 날카로운 이빨로 해와 달을 물었어요. 그러나 까막나라로 돌아올 때는 늘 빈손이었지요. 해는 몸이 탈 것처럼 뜨거웠고, 달은 몸이 시리도록 차가웠거든요.

※ **한탄**: 억울하거나 뉘우치는 일이 있을 때 한숨을 쉬며 탄식함.

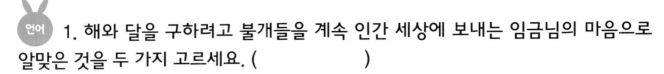

1. 해와 달을 구하려고 불개들을 계속 인간 세상에 보내는 임금님의 마음으로 알맞은 것을 두 가지 고르세요. (   )

① 까막나라를 환하게 밝히고 싶은 마음

② 인간 세상의 보물을 훔쳐 오고 싶은 마음

③ 인간 세상을 불개에게 구경시키고 싶은 마음

④ 까막나라 사람들이 밝은 곳에서 일할 수 있게 하고 싶은 마음

2. 불개들은 임금님이 명령할 때 잘 들었습니다. 다른 사람의 말을 잘 듣는 태도를 갖추고 있지 <u>않은</u> 친구는 누구인가요? (   )

① 말하는 사람을 똑바로 바라보며 들었어.

② 고개를 숙이고 빨리 끝나기를 기다렸어.

③ 바르고 공손한 태도로 끝까지 귀 기울여 들었어.

3. 임금님은 해와 달이 있는 밝은 나라를 부러워했습니다. 까막나라에 해와 달이 있다면 임금님과 백성들의 생활이 어떻게 달라질지 보기 처럼 써 보세요.

보기 밝은 곳에 모여 이야기꽃을 피울 것입니다.

"아, 답답하도다!"

까막나라 임금님은 오늘도 가슴을 치며 근심했어요. 빛 한 줄기 없는 어둠의 나라에서 살자니 정말 답답했지요.

"누가 가서 해를 좀 가져오너라!"

다른 불개가 다시 해를 가지러 갔으나 또 그냥 돌아왔어요.

"달을 가져오너라!"

하지만 불개는 달도 가져오지 못했어요.

그 뒤로도 임금님의 명령에 따라 불개들은 해와 달을 가지러 인간 세상에 갔어요. 안되는 줄 알면서도 불개들은 해와 달을 물고 뱉기를 반복했지요.

오늘날 낮인데도 해의 일부나 전부가 가려져 잠시 어두워지는 것은 불개들이 해를 물었다 뱉기 때문이에요. 또 밤에 달의 일부나 전부가 가려져 잠시 보이지 않는 것도 불개들이 달을 물었다 뱉기 때문이랍니다.

1. 이 글에서는 낮인데도 해의 일부나 전부가 가려지는 까닭이 무엇이라고 했나요? (   )

① 불개가 해를 물었기 때문에

② 불개가 달을 물었기 때문에

③ 불개가 해와 달을 동시에 물었기 때문에

④ 까막나라의 어두운 기운이 내려왔기 때문에

1주 4일
학습 끝!

붙임 딱지 붙여요.

 2. 아래 사진과 그것을 설명한 말을 알맞게 줄로 이으세요.

(1)

월식 •

• ㉠ 달이 태양의 일부나 전부를 가리는 현상

(2)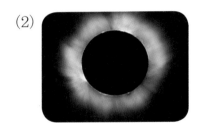

일식 •

• ㉡ 달이 지구의 그림자에 가려 전부나 일부가 보이지 않는 현상

 3. 까막나라는 그 뒤 어떻게 되었을까요? 뒷이야기를 자유롭게 상상하여 써 보세요.

되돌아봐요

ㅣ '불개 이야기'를 잘 읽었나요? 내용에 맞게 일이 일어난 순서대로 번호를 쓰세요.

(1)

첫 번째 불개는 해가 뜨거워 가져오지 못했습니다.

(2)

지금도 까막나라 불개들은 해와 달을 가지러 인간 세상에 옵니다.

(3)

임금님은 첫 번째 불개한테 달을 가져오라고 시켰습니다.

(4)

임금님은 까막나라에 빛이 없는 것을 항상 걱정했습니다.

(5)

임금님은 다른 불개들에게 해와 달을 가져오라고 시켰습니다.

(6)

첫 번째 불개는 달이 차가워 가져오지 못했습니다.

(   ) → (   ) → (   ) → (   ) → (   ) → (   )

2 까막나라와 관계있는 낱말을 모두 찾아서 ◯표 하세요.

깜깜하다	어둡다	재미있다	밝다
뜨겁다	답답하다	활기차다	새까맣다

3 '불개 이야기'를 읽고 가장 인상 깊었던 장면을 빈칸에 써 보세요.

불개가 뜨거운
해를 물었다 뱉는
장면이 인상 깊었어.

4 '불개 이야기'를 읽고 난 뒤의 생각이나 느낌을 바르게 나타낸 것은 어느 것인가요?

(   )

① 임금님과 불개의 노력이 대단합니다.
② 저도 불개처럼 하늘을 날고 싶습니다.
③ 저도 불개처럼 해와 달을 구하러 떠나고 싶습니다.
④ 까막나라에 해와 달을 주지 않은 인간 세상이 싫습니다.

5 해와 달을 얻지 못해 한숨을 쉬고 있는 임금님에게 여러분이 쓰고 있는 물건 한 가지를 보내면서 위로의 편지글을 써 보세요.

궁금해요

낮과 밤이 달라요

낮에는 해가 있어서 세상이 밝아요. 그러나 밤에는 달과 별이 어두운 밤하늘을 비춰 주지요. 낮과 밤이 왜 생기는지, 또 일식과 월식은 무엇이며 왜 생기는지 알아봐요.

낮과 밤은 왜 생길까요?

우리는 햇빛이 있을 때를 '낮'이라고 하고, 햇빛이 없을 때를 '밤'이라고 해요. 낮과 밤은 날마다 반복되지요. 왜 날마다 낮과 밤이 생기고 반복되는 것일까요?

그 이유는 지구가 자전을 하기 때문이에요. '자전'이란 스스로 돈다는 뜻이에요. 그러니까 '지구가 자전을 한다.'는 것은 지구가 고정되어 있는 축을 중심으로 스스로 돈다는 것이지요.

이런 지구를 태양은 항상 비춰 주어요. 그래서 지구에서 태양빛을 받는 지역은 낮이 되고, 태양빛을 받지 못하는 지역은 밤이 되지요.

지구는 하루에 한 바퀴씩 서쪽에

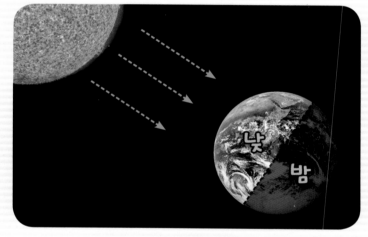

▲ 낮이 생기는 원리

서 동쪽 방향으로 자전을 해요. 그래서 하루에 한 번씩 낮과 밤이 생기는 거예요. 그런데 지구는 서쪽에서 동쪽으로 자전을 하는데, 왜 태양은 그와 반대 방향인 동쪽에서 떠서 서쪽으로 지는 것처럼 보일까요?

그것은 움직이는 곳에서 움직이지 않는 물체를 바라볼 때에는, 그 물체가 내가 움직이는 방향과 반대 방향으로 움직이는 것처럼 보이기 때문이에요. 앞으로 달리는 버스나 열차 안에서 밖에 서 있는 나무들을 볼 때, 나무들이 마치 뒤로 가는 것처럼 보이는 것과 같은 이치예요. 그래서 서쪽에서 동쪽 방향으로 자전을 하는 지구에서 움직이지 않는 태양을 보면, 태양이 지구의 움직임과 반대 방향인 동쪽에서 서쪽으로 움직이는 것처럼 보인답니다.

일식과 월식은 왜 생길까요?

지구는 자전을 하면서 태양의 주위를 거의 1년 동안 한 바퀴씩 돌아요. 달도 지구와 마찬가지로 자전을 하면서 지구의 주위를 거의 한 달 동안 한 바퀴씩 돌지요. 이렇게 지구가 태양의 주위를 돌고 달이 지구의 주위를 돌다 보면, 태양과 지구, 달이 한 줄에 나란히 놓여 서로를 가리는 현상이 생겨요.

'일식'은 태양과 지구 사이에 달이 놓였을 때, 달의 그림자에 의해 태양이 가려져 보이는 것을 말해요. 달의 그림자가 태양을 완전히 가리는 것을 '개기 일식', 달의 그림자가 태양의 일부분만 가리는 것을 '부분 일식'이라고 해요.

'월식'은 태양과 달 사이에 지구가 놓였을 때, 달이 지구의 그림자에 가려져 보이지 않는 것을 말해요. 지구의 그림자가 달 전체를 가리는 것을 '개기 월식', 지구의 그림자가 달의 일부분만 가리는 것을 '부분 월식'이라고 해요.

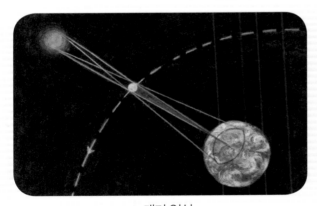

▲ 개기 일식

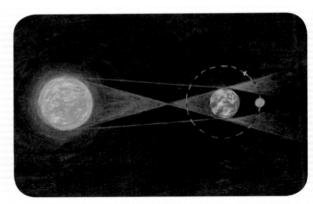

▲ 개기 월식

✏️ 만약에 지구가 자전을 하지 않는다면 어떤 일이 생길지 써 보세요.

보기 태양이 동쪽에서 떠서 서쪽으로 지는 것처럼 보이지 않을 것입니다.

내가 할래요

해와 달처럼 소중한 것을 써 봐요

해와 달은 낮과 밤을 밝혀 주는 소중한 것들입니다. 여러분에게 해와 달과 같이 소중한 사람이나 물건이 무엇인지 보기 처럼 그 이유를 쓰고, 그림도 그려 보세요.

보기

해 같은 사람이나 물건

선생님: 내가 모르는 것을 알기 쉽게
설명해 주시기 때문입니다.

달 같은 사람이나 물건

곰 인형: 밤에 곰 인형을 끌어안고 자야
잠을 잘 수 있기 때문입니다.

1주
학습 끝!

확인할 내용	잘함	보통임	부족함
1. 이번 주 학습을 5일(월요일~금요일) 안에 끝마쳤나요?			
2. 불개 이야기를 잘 이해했나요?			
3. 임금님의 행동을 통해 마음을 짐작할 수 있나요?			
4. 낮과 밤이 왜 생기는지 이해했나요?			

(1) 해 같은 사람이나 물건

(2) 달 같은 사람이나 물건

전하는 말

시턴 "동물기"

• 지은이: 어니스트 톰프슨 시턴
(1860~1946)
• 작품 설명: 동물학자이자 박물학자로 유명한 시턴이 오랫동안 동물을 관찰하며 직접 겪은 일을 바탕으로 쓴 책으로, 야생 동물의 삶을 이야기로 재미나게 엮었어요. 동물들에 대한 세심한 관찰과 정확한 지식을 바탕으로 한 이 이야기에는 야생 동물들의 아름답고도 슬픈 사랑과 먹고 먹히는 생존 경쟁이 담겨 있어요. 시턴 "동물기" 중 아노스의 삶과 사랑이 있는 이야기 속으로 떠나 보아요.

2주

시턴 "동물기"
위대한 통신 비둘기 아노스

생각톡톡 이 새는 어디를 향해 날아가고 있는지 상상하여 써 보세요.

관련교과 [사회 3-2] 옛날 생활 모습 이해하기
[과학 3-2] 날아다니는 동물의 특징 알기

시턴 "동물기"

위대한 통신 비둘기 아노스

　사람들은 나를 '동물 박사 시턴'이라고 불러요. 지금부터 '아노스'라는 전설적인 통신 비둘기에 대한 이야기를 하려고 해요. 통신 비둘기는 편지를 보내는 데 쓸 수 있게 훈련된 비둘기를 말해요.

　내가 아노스를 처음 만난 것은 통신 비둘기 대회에서랍니다. 이날은 어린 통신 비둘기들을 대상으로 대회를 치르는 날이었어요.

　통신 비둘기 대회에서 처음으로 심판을 보게 된 나는 마음이 설레어서 아침 일찍부터 서둘렀어요. 대회장에 도착한 나는 이미 경험이 있는 심판에게 통신 비둘기 대회에 대해 이것저것 궁금한 것들을 물어보았어요.

　"대회 우승자는 어떻게 정해집니까?"

　"비둘기들을 먼 곳으로 데려가서 동시에 날린 뒤 이곳으로 가장 먼저 돌아오는 비둘기가 우승자가 되지요."

과학 탐구 1. '아노스'는 다음 중 어떤 동물인가요? ( )

①
참새

②
갈매기

③
비둘기

 언어 2. 이 글의 내용과 맞지 <u>않는</u> 것은 어느 것인가요? ( )

① 글을 쓰는 사람은 시턴입니다.

② 아노스는 통신 비둘기를 키우는 사람입니다.

③ 통신 비둘기 대회 우승자를 가리려고 합니다.

④ 가장 먼저 대회장으로 돌아오는 비둘기가 우승자가 됩니다.

논술 3. 처음 심판을 보게 된 시턴은 다른 심판에게 궁금한 사항을 물어보았습니다. 처음 하는 일을 잘하기 위해서는 어떻게 해야 할지 써 보세요.

> 내가 모르는 것에 대해 이것저것 물어봅니다.

나는 계속해서 질문을 했어요.

"그런데 비둘기들은 그 먼 곳에서 어떻게 이곳까지 찾아오는 건가요?"

"타고난 방향 감각과 집으로 돌아오려는 열정, 지치지 않는 날갯짓이 있으면 찾아올 수 있답니다."

"와, 정말 대단하군요."

"그중 능력이 탁월한 비둘기만이 훌륭한 통신 비둘기가 되지요."

내가 통신 비둘기들의 능력에 감탄하고 있을 때 누군가 소리쳤어요.

"저기 비둘기들이 온다. 드디어 비둘기들이 보이기 시작했어."

하늘을 보니 정말 비둘기들이 힘차게 날아오고 있었어요.

"비둘기장에 가장 먼저 도착한 비둘기가 들어가면 재빨리 문을 닫으세요."

나는 심판장의 말에 따라 비둘기장 문을 잡고 비둘기가 들어오기만 숨죽이며 기다렸어요.

언어 **1. 비둘기장에 가장 먼저 도착한 비둘기가 들어가면 왜 문을 닫아야 하나요?**

(   )

① 다른 비둘기들은 밖에서 쉬라고

② 비둘기가 도망가지 못하게 가두려고

③ 가장 먼저 들어오는 비둘기를 확인하려고

④ 가장 나중에 들어오는 비둘기를 확인하려고

 과학 탐구 **2. 비둘기는 새입니다. 새의 특징이 <u>아닌</u> 것은 어느 것인가요? (**   **)**

① 날개가 있습니다.   ② 부리가 있습니다.

③ 알을 낳아 번식합니다.   ④ 네 개의 다리를 가지고 있습니다.

논술 **3. 옛날 사람들은 언제 통신 비둘기를 이용하여 소식을 주고받았을지** **보기** **처럼 써 보세요.**

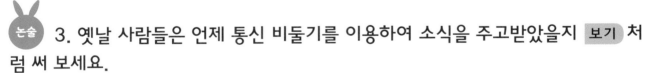

보기 전쟁이 나서 사람이 편지를 전할 수 없을 때

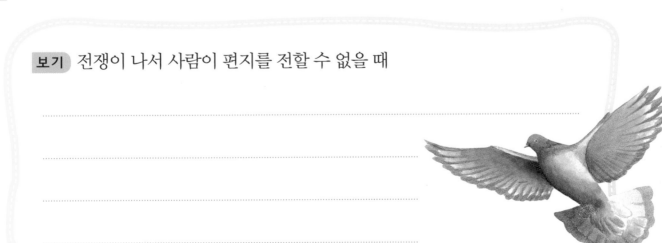

그때, 비둘기 한 마리가 열어 놓은 비둘기장으로 푸드덕거리며 날아들었어요. 그와 동시에 대회를 구경하던 사람들이 함성을 질렀어요.

"우아, 아노스다! 아노스가 가장 먼저 들어왔어."

"난 아노스가 우승할 줄 알았어."

사람들은 하나같이 아노스를 칭찬했어요.

아노스는 겉모습은 평범했지만 그날 대회에서 가장 눈에 띄는 능력을 가진 비둘기였어요. 나도 아노스에게서 눈을 뗄 수 없었지요.

아노스의 발목에는 '2590C'라는 번호표가 달렸어요. 이 숫자는 앞으로 아노스가 통신 비둘기로 활동하면서 이름 대신 불리게 될 자랑스러운 번호랍니다.

"앞으로 아노스의 활약이 기대되네요."

"아노스는 통신 비둘기 중 가장 유명해질 거예요."

언어 1. 이 글로 보아 통신 비둘기가 다른 비둘기와 다른 점은 무엇인가요? (　　　)

① 몸집이 큽니다.

② 색깔이 화려합니다.

③ 잠을 자지 않습니다.

④ 발목에 번호표를 답니다.

2주 1일
학습 끝!

붙임 딱지 붙여요.

 과학
탐구 2. 비둘기는 동물입니다. 동물과 사람의 공통점을 모두 찾으세요.

(　　　　　　　)

① 새끼나 알을 낳아 기릅니다.

② 먹이를 먹어야 살아갈 수 있습니다.

③ 한 번 죽으면 다시 살아날 수 없습니다.

④ 손으로 여러 가지 물건을 만들 수 있습니다.

논술 3. 아노스는 이름 대신 '2590C'라는 번호로 불리게 되었습니다. 여러분이 이름 대신 불리게 될 특별한 번호를 만든다면 무엇으로 할지, 또 그 뜻이 무엇인지 보기 처럼 써 보세요.

보기 1004B, 천사 같은 병우라는 뜻입니다.

....

....

....

....

49

이제 통신 비둘기 아노스의 자랑스러운 기록을 소개할게요.

어느 날, 아노스는 다른 통신 비둘기와 함께 바다 훈련을 하기 위해 배를 타고 먼바다로 나갔어요.

"세 마리 중에 누가 이 어려운 훈련을 통과할 수 있을까요?"

조련사 중 한 명이 궁금하다는 듯이 물었어요.

"아노스 아닐까요? 저번 대회에서도 아노스가 우승했잖아요."

"이번에는 바다를 날아가야 하니 힘이 좋은 빅블루가 이길지도 몰라요."

조련사들은 어떤 비둘기가 이길지 몹시 궁금했어요.

비둘기들은 길을 찾을 때 이정표를 기억해 두었다가 그 길로 되돌아와요. 하지만 통신 비둘기들이 가장 하기 힘든 일이 바다를 건너는 일이에요. 바다에는 땅처럼 기억할 수 있는 이정표가 거의 없거든요.

※ **조련사**: 비둘기를 비롯하여 개, 돌고래, 코끼리 따위의 동물에게 재주를 가르치고 훈련시키는 사람.
※ **이정표**: 주로 도로상에서 어느 곳까지의 거리 및 방향을 알려 주는 표지.

언어 1. 이 글의 내용에 맞으면 ◯표, 틀리면 ✕표 하세요.

⑴ 빅블루는 힘이 좋은 비둘기입니다. (   )

⑵ 아노스와 빅블루 모두 바다 훈련에 참여했습니다. (   )

⑶ 바다 훈련에서 가장 힘든 것은 조련사를 따르는 일입니다. (   )

⑷ 조련사들은 훈련을 통과할 비둘기를 같은 비둘기로 예상했습니다. (   )

사회 탐구 2. 다음 중 이정표의 역할을 바르게 말한 것은 어느 것인가요? (   )

① 바다와 육지의 날씨를 알려 줍니다.

② 바다 위에 떠 있는 배 이름을 알려 줍니다.

③ 어느 곳까지의 거리와 방향을 알려 줍니다.

④ 바다의 깊이가 얼마나 되는지를 알려 줍니다.

▲ 도로 위 이정표

논술 3. 조련사 중에는 바다 훈련을 통과할 비둘기로 아노스를 예상하는 사람도 있었고, 빅블루를 예상하는 사람도 있었습니다. 아노스와 빅블루 중 하나를 정해 응원하는 말을 써 보세요.

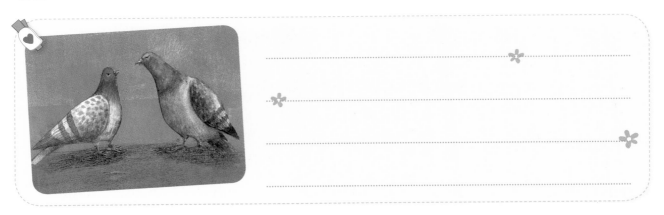

바다에 안개라도 끼는 날이면 비둘기는 앞을 제대로 볼 수 없어서 길을 찾기가 더욱 힘들어요. 그래서 통신 비둘기 훈련을 바다에서 할 때에는 조련사들도 항상 긴장을 하지요.

통신 비둘기들을 태운 배가 바다 한가운데쯤 왔을 때 갑자기 배가 고장이 나서 움직이지 않았어요. 통신 기계도 고장이 나서 육지로 구조 요청을 할 수도 없었어요. 파도는 점점 거세지기 시작했지요.

"육지에 있는 본부에 우리가 조난된 걸 알려야 하는데 방법이 없을까요?"

선장과 선원들이 걱정을 하면서 의견을 주고받았어요. 그때, 조련사 중 한 명이 앞으로 나서며 말했어요.

"선장님, 가능할지 모르지만 통신 비둘기를 육지로 보내면 어떨까요?"

"아직 훈련 중인데 해낼 수 있을까요?"

"다른 방법이 없으니 통신 비둘기를 믿고 해 보는 거지요."

조난되다: 항해나 등산을 하다가 재난을 만남.

1. 바닷길을 찾기 좋을 때는 언제인가요? (   )

① 안개가 끼어 있을 때

② 바다에 이정표가 없을 때

③ 파도가 거칠게 일고 비가 올 때

④ 눈이 부실 정도로 하늘이 맑게 개어 있을 때

2. 조난을 당한 선장과 선원이 어떻게 행동해야 할지 잘 말하지 <u>못한</u> 친구는 누구인가요? (   )

① 우선 숨을 곳을 찾아야 해.

② 침착하게 질서를 지켜야 해.

③ 육지에 구조 요청을 빨리 해야 해.

3. 한 조련사는 배가 조난된 것을 통신 비둘기를 통해 육지에 알리려고 했습니다. 이때 보낼 구조 요청의 글을 써 보세요.

그 조련사는 가장 먼저 스타백이라는 비둘기를 날려 보냈어요. 하지만 한참을 기다려도 구조대는 오지 않았어요.

조련사는 두 번째로 빅블루를 육지로 날려 보냈어요. 하지만 빅블루는 배 위만 몇 바퀴 돌다가 다시 배에 내려앉았지요. 빅블루는 덩치만 컸지 알고 보니 겁쟁이 비둘기였어요.

"쯧쯧, 아노스에게 마지막 기대를 걸어 봅시다."

구조 편지를 매단 아노스는 배 위를 한 바퀴 돌고는 곧장 날아갔어요. 배 안에 있던 사람들은 아노스의 모습을 보면서 꼭 성공하기를 빌었어요.

한참을 날아간 아노스는 안타깝게도 이정표로 삼을 만한 것이 바다 위에는 없다는 것을 알게 되었어요.

'이런, 나의 방향 감각으로만 육지에 있는 집을 찾아가야겠구나.'

아노스는 정신을 바짝 차리고 바다 위를 힘차게 날았어요.

언어 **1.** 이 글을 읽고 일이 일어난 순서대로 번호를 쓰세요.

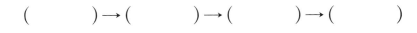

(1) 아노스는 배 위를 한 바퀴 돌고 곧장 날아갔습니다.
(2) 스타백을 날려 보냈으나 구조대가 오지 않았습니다.
(3) 빅블루를 육지로 날려 보냈으나 배에 내려앉았습니다.
(4) 아노스는 이정표가 없다는 것을 알고 정신을 바짝 차렸습니다.

(   ) → (   ) → (   ) → (   )

2주 2일
학습 끝!

붙임 딱지 붙여요.

과학 탐구 **2.** 아노스는 바다 위에서 방향 감각만으로 날아가기로 했습니다. 비둘기의 방향 감각과 관계가 있는 성질은 무엇인가요? (   )

① 친구를 찾고자 하는 성질
② 바다를 맴돌고자 하는 성질
③ 집으로 돌아가고자 하는 성질
④ 하늘을 높이 날고자 하는 성질

논술 **3.** 아노스는 낯선 바닷길에서도 침착하게 행동했습니다. 다음 문장에서 알 수 있는 아노스의 성격은 어떠한지 보기 처럼 써 보세요.

이런, 나의 방향 감각으로만 육지에 있는 집을 찾아가야겠구나.

보기 판단력이 뛰어납니다.

아노스는 자기의 방향 감각만을 믿고 침착하게 길을 찾아서 계속 날았어요.

그날 오후, 비둘기장을 청소하던 빌리는 몹시 지친 비둘기 한 마리가 비둘기장 안으로 날아들더니 물통의 물을 허겁지겁 먹는 걸 보았어요.

"아니, 웬 비둘기지?"

물통 앞으로 조심스레 다가가 비둘기를 살펴본 빌리는 깜짝 놀랐어요. 배를 타고 바다로 훈련을 나간 통신 비둘기 아노스였거든요.

"어떻게 된 일이지? 바다에서 훈련 중인 아노스가 왜 벌써 돌아왔지?"

이리저리 아노스를 살피던 빌리는 아노스 발목에 묶여 있는 쪽지를 보았어요. 빌리는 얼른 쪽지를 펼쳐서 읽었어요.

"헉, 조련사들을 태운 배가 조난을 당했네. 어서 구조선을 보내야겠다. 아노스, 바다를 건너다니 정말 대단하구나!"

빌리는 아노스의 머리를 쓰다듬고는 재빨리 비둘기장 밖으로 나갔어요.

언어

1. 빌리는 물을 먹는 비둘기를 보고 왜 깜짝 놀랐나요? (   )

① 비둘기가 물을 많이 먹어서

② 청소하는데 비둘기가 망쳐 놓아서

③ 비둘기가 들어오면 안 되는 곳이어서

④ 바다에서 훈련 중인 아노스가 돌아와서

과학
탐구 **2. 이 글로 보아 통신 비둘기의 쪽지를 받은 사람이 해야 할 일을 바르게 말한 친구는 누구인가요? (   )**

① 쪽지에 적힌 내용은 신경 쓰지 않아도 돼.

② 쪽지에 적힌 내용은 혼자만 알고 있어야 해.

③ 쪽지에 적힌 내용에 따라 대책을 세워야 해.

 논술

3. 보기 **처럼 '허겁지겁'을 넣어 짧은 글을 지어 보세요.**

보기
나는 목이 말라서 물을 <u>허겁지겁</u> 먹었습니다.

빌리는 바로 구조대에 배가 조난을 당한 사실을 알렸어요. 조난을 당한 배는 아노스의 활약으로 무사히 구조되었어요.

"아노스, 340킬로미터를 4시간 40분 만에 날아오다니 정말 굉장하구나."

"아노스, 정말 고맙다!"

선장과 선원, 조련사들뿐만 아니라 소문을 들은 많은 사람들이 아노스를 칭찬했어요. 이 일로 아노스는 더욱 유명해졌지요. 그 뒤에도 아노스는 많은 기록을 세우며 사람들에게 널리 사랑을 받았어요.

그러던 어느 날, 아주 먼 거리를 날아야 하는 통신 비둘기 대회가 열렸어요. 아노스도 능력을 뽐내기 위해 대회에 참가했지요. 빌리는 아노스에게 먹이를 주며 응원의 말을 했어요.

"아노스, 이번 대회는 아주 힘들 거야. 하지만 난 네가 잘할 거라고 믿어."

빌리는 이번 대회에서도 아노스가 우승할 것이라고 생각했어요.

1. 이 글의 내용에 맞으면 ○표, 틀리면 ✕표 하세요.

(1) 아노스는 바닷길만 다니는 통신 비둘기가 되었습니다. (   )

(2) 아노스는 많은 기록을 세우며 사람들에게 사랑을 받았습니다. (   )

(3) 빌리는 아노스가 힘들까 봐 통신 비둘기를 그만두게 했습니다. (   )

(4) 빌리는 아노스가 가지고 온 쪽지를 보고 구조선을 보냈습니다. (   )

2. 아노스는 340킬로미터를 4시간 40분 만에 날아왔다고 했습니다. 4시간 40분은 몇 분일까요? (   )

① 220분　　　　　　② 280분　　　　　　③ 300분　　　　　　④ 340분

3. 아노스는 통신 비둘기로 사람들에게 널리 사랑을 받았습니다. 이런 아노스에게 해 주고 싶은 말을 써 보세요.

드디어 대회 날 아침이 되었어요.

아노스는 대회에 참가한 통신 비둘기 중 가장 빨라서 다른 비둘기들보다 조금 늦게 출발시켰어요. 하지만 얼마 지나지 않아 가장 앞서서 날아갔지요.

아노스는 12시간 동안 쉬지 않고 950킬로미터를 날았어요. 그래서 잠시 물을 먹기 위해 시러큐스라는 도시에 있는 한 비둘기장으로 내려앉았어요.

'저 비둘기장에서 물을 마시고 다시 날아가야지.'

비둘기장 주인들은 어디에서든 통신 비둘기가 날아오면 물을 먹을 수 있도록 배려해 주는 게 규칙이었거든요.

"어서 오너라."

시러큐스 비둘기장 주인은 낯선 통신 비둘기를 위해 친절하게 비둘기장 문을 열어 주었어요.

＊ **배려**: 도와주거나 보살펴 주려고 마음을 씀.

1. 대회 날 아노스를 가장 늦게 출발시킨 까닭은 무엇인가요? (   )

① 아노스가 가장 젊기 때문에 　　　② 아노스가 가장 빠르기 때문에

③ 아노스가 가장 유명하기 때문에 　　④ 아노스가 가장 뚱뚱하기 때문에

 2. 아노스는 12시간 동안 950킬로미터를 날았습니다. 1킬로미터는 몇 미터인 가요? (   )

① 10미터 　　　　② 100미터 　　　　③ 1,000미터 　　　　④ 10,000미터

2주 3일 학습 끝!

붙임 딱지 붙여요.

 3. 비둘기장 주인들은 통신 비둘기가 오면 물을 주는 게 규칙이었습니다. 우리 집에 정해 놓은 규칙이 있다면 무엇인지 써 보세요.

비둘기장 주인은 통신 비둘기의 발목에 달린 번호표를 보고 깜짝 놀랐어요. 그 유명한 아노스의 번호표였거든요.

"이럴 수가, 통신 비둘기 중에서 가장 유명하다는 아노스잖아."

비둘기장 주인은 아노스를 본 순간 갖고 싶다는 욕심이 생겼어요.

"한동안 내 비둘기장에 가둬 두면 아노스가 제 집을 여기로 알겠지?"

비둘기장 주인은 아노스를 시러큐스 비둘기장에 가두어 놓았어요. 그러고는 아노스를 무척 아끼며 보살펴 주었지요.

하지만 아노스는 집과 가족이 그리웠어요.

'아, 언제쯤이면 집으로 돌아갈 수 있을까?'

어느덧 2년이라는 시간이 지났어요.

"시간이 많이 흘렀으니 이제 아노스를 풀어 줘도 되겠지?"

비둘기장 주인이 드디어 아노스를 가둬 두었던 비둘기장 문을 열었어요.

1. 비둘기장 주인이 아노스의 번호표를 보고 놀란 까닭은 무엇인가요?

( )

① 아노스가 튼튼하고 잘생겨서
② 아노스가 급하게 물을 먹어서
③ 아노스의 날갯짓이 매우 빨라서
④ 아노스가 유명한 통신 비둘기라서

 2. 비둘기장 주인의 행동에 대해 바르게 생각한 친구는 누구인가요? ( )

① 임무가 있는 통신 비둘기를 가두는 건 잘못이야.

② 아노스를 가지고 싶은 비둘기장 주인의 마음도 이해해.

③ 통신 비둘기를 시간이 걸리더라도 잘 보살피는 것은 좋은 일이야.

3. 아노스는 시러큐스 비둘기장에 갇혀서 어떤 생각을 했을까요? 여러분이 아노스라면 어떤 생각을 했을지 말풍선에 써 보세요.

63

그러자 아노스는 기다렸다는 듯 재빨리 하늘 위로 높이 날아갔어요. 그러고는 그토록 그리워하던 집을 향해 열심히 날갯짓을 했어요.

'아, 드디어 우리 집으로 돌아가는구나.'

아노스는 집으로 돌아간다는 생각에 쉬지 않고 힘차게 날아갔어요. 한참 뒤 어느 낯익은 골짜기를 지날 때였어요.

"탕!"

어디선가 날아온 총알이 아노스의 한쪽 날개에 박혔어요. 아노스가 사냥꾼이 쏜 총에 맞은 거였어요.

아노스의 날개에서 피가 철철 흘렀지만 아노스는 날갯짓을 멈추지 않았어요. 집이 멀지 않았다는 것을 느낌으로 알고 있었거든요.

'집에 거의 다 왔어. 조금만, 조금만 더 가면 돼.'

하지만 아노스는 점점 힘을 잃고 날갯짓이 느려졌어요.

언어 1. 밑줄 친 낱말과 바꾸어 쓸 수 있는 말이 <u>아닌</u> 것은 어느 것인가요? (   )

보기
아노스는 <u>재빨리</u> 하늘 위로 높이 날아갔습니다.

① 빨리   ② 급히   ③ 신속하게   ④ 자랑스럽게

언어 2. 총을 맞고도 계속 날갯짓을 했던 아노스의 마음을 가장 잘 표현한 말은 어느 것인가요? (   )

① 쉬고 싶어.

② 그동안 고마웠어.

③ 집으로 돌아가야 해.

④ 나를 쏜 사람에게 복수할 테야.

논술 3. 아노스는 총을 맞고도 날갯짓을 멈추지 않았습니다. 힘든 상황에 처한 아노스에게 위로하는 글을 써 보세요.

'아노스, 조금만 더 힘을 내자.'

아노스는 힘겹게 계속 날았어요. 그러나 매의 눈에 상처를 입고 겨우겨우 하늘을 날아가는 아노스가 띄었지요.

"오호, 저 비둘기를 잡아먹어야겠군."

매는 아노스를 잽싸게 낚아챘어요. 통신 비둘기들의 자랑이자 영웅인 아노스는 결국 집으로 돌아가지 못했어요.

오랜 시간이 지난 뒤 사람들은 아노스의 마지막에 대해 알게 되었어요.

매의 둥지에서 '2590C'라고 적힌 번호표가 발견되면서 아노스의 죽음이 뒤늦게 밝혀진 거예요.

사람들은 아노스의 번호표를 보며 무척 슬퍼했어요.

"가엾은 아노스, 저세상에서는 부디 행복하게 살거라."

언어

1. 집으로 돌아오던 아노스는 결국 어떻게 되었나요? (   )

① 매와 함께 살았습니다.

② 매에게 잡혀서 죽었습니다.

③ 사냥꾼에게 잡혀서 죽었습니다.

④ 새로운 집을 발견해서 그곳에서 살았습니다.

과학 탐구

2. 아노스를 낚아챈 매의 특성을 바르게 설명한 것은 어느 것인가요? (   )

① 풀만 먹습니다.

② 작고 약한 새의 한 종류입니다.

③ 비둘기처럼 작은 새를 먹고 삽니다.

④ 집으로 돌아오려는 성질을 가지고 있습니다.

▲ 매

2주 4일 학습 끝!

붙임 딱지 붙여요.

논술

3. 슬프고 비참하게 죽은 아노스의 무덤을 만들어 주려고 합니다. 비석에 아노스의 삶에 대해서 하고 싶은 말을 써 보세요.

되돌아봐요

Ⅰ '위대한 통신 비둘기 아노스'에서 아노스에게 있었던 일을 순서대로 나타낸 그림입니다. 각 그림에 알맞은 내용을 보기 에서 찾아 빈칸에 기호를 쓰세요.

보기   ㉠ 매에게 낚임.   ㉡ 바다 훈련을 나감.
       ㉢ 조난을 당한 소식을 전함.   ㉣ 시큐러스 비둘기장에 갇힘.
       ㉤ 매 둥지에 번호표 남음.   ㉥ 통신 비둘기 대회에서 우승함.

2 통신 비둘기 아노스와 관계있는 말을 모두 찾아 ◯표 하세요.

영리하다   훌륭하다   게으르다   겁이 많다

고향을 싫어한다   판단력이 뛰어나다   방향감각이 뛰어나다

3 통신 비둘기에게 다음 물건이 어떤 역할을 하는지 줄로 이으세요.

(1) 이정표 •

(2) 번호표 •

(3) 비둘기장 •

• ㉠ 통신 비둘기 이름을 대신해서 사용합니다.

• ㉡ 먼 곳에 갔다가 돌아왔을 때 편히 쉬게 합니다.

• ㉢ 먼 길을 갈 때 길을 잃어버리지 않게 합니다.

4 아노스를 가둬 두었던 시러큐스 비둘기장 주인의 성격으로 알맞지 <u>않은</u> 것 두 가지를 고르세요. (   )

① 정직합니다.　　　　　② 이기적입니다.

③ 욕심이 많습니다.　　　④ 마음이 따뜻합니다.

5 하늘 나라에 있을 통신 비둘기 아노스에게 하고 싶은 말을 담아 편지글을 써 보세요.

아노스에게

야생 동물들의 습성을 알아봐요

시턴의 "동물기"는 시턴이 야생 동물에 관해 쓴 모든 작품을 가리키는 말이에요. 시턴은 캐나다의 숲에서 살며 관찰한 야생 동물들에 관한 내용을 30여 편의 이야기로 썼어요. 이야기에 등장하는 대표적인 야생 동물들을 살펴봐요.

도둑고양이
시턴 작품 '도둑고양이 키티'

야생 고양이를 '도둑고양이'라고 해요. 도둑고양이는 산림에서 쥐, 작은 새, 개구리 등을 잡아먹으며 살아요. 1년에 2~3회 번식하며, 한 번에 4~6마리의 새끼를 낳아요. 집단생활을 하지 않아요.

까마귀
시턴 작품 '까마귀 은빛별'

산지, 농경지 등에서 관찰돼요. 동물의 사체나 음식물 찌꺼기, 곤충류 등을 먹어요. 둥지는 깊은 산의 나무에 만들며 한 번에 알을 다섯 개 정도 낳아요. 어미 새에게 먹이를 물어다 주어 '효조'라고도 해요.

여우
시턴 작품 '스프링필드의 여우'

산림, 초원, 마을 부근에 있는 바위틈이나 흙으로 된 굴에서 살아요. 주로 쥐, 산토끼, 고슴도치 등을 잡아먹어요. 짝짓기는 1~2월에 하며 한 번에 3~6마리의 새끼를 낳아요.

산토끼
시턴 작품 '산토끼의 영웅 리틀 워호스'

들 근처에 있는 나지막한 산이나 농경지 등에서 살아요. 식물의 씨앗이나 줄기를 먹으며, 겨울철에는 나무의 껍질을 먹기도 해요. 1년에 2~3회 번식하며, 한 번에 1~4마리의 새끼를 낳아요.

멧돼지
시턴 작품 '거품쟁이 멧돼지'

깊은 산속에서 사는 것을 좋아하나 들 근처에 있는 나지막한 산이나 사람들이 사는 마을까지 내려올 때도 있어요. 멧돼지는 풀을 비롯하여 토끼나 들쥐 같은 작은 짐승, 물고기, 곤충에 이르기까지 아무것이나 먹어요. 우리나라의 멧돼지는 12월~1월에 짝짓기를 하고 새끼는 한 번에 4~6마리를 낳아요. 암컷과 새끼들이 작은 무리를 이루며 살아요.

늑대
시턴 작품 '늑대 왕 로보'

숲이나 습지에서 살아요. 주로 사슴과 양을 먹지만 나무의 열매도 먹고, 쥐, 닭, 꿩 등 다양한 먹이를 먹어요. 짝짓기는 1월~4월에 하며 새끼는 한 번에 1~12마리를 낳아요. 보통은 가족 단위로 생활하지만, 겨울에는 여러 가족이 모여 큰 떼를 형성하지요. 길게 울부짖는 소리가 특징인데, 이를 이용해 멀리 있는 늑대와도 의사소통을 할 수 있어요.

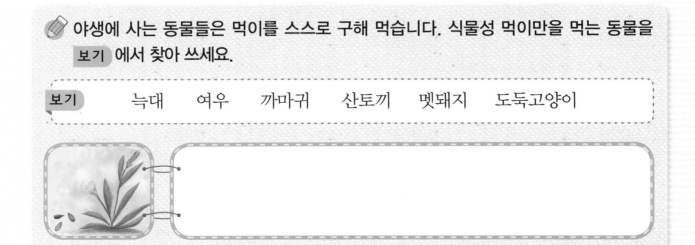

✏️ 야생에 사는 동물들은 먹이를 스스로 구해 먹습니다. 식물성 먹이만을 먹는 동물을
보기 에서 찾아 쓰세요.

보기	늑대 여우 까마귀 산토끼 멧돼지 도둑고양이

내가 할래요

캐릭터를 만들어 봐요

사람들은 동물들과 깊은 관계를 맺으며 살아가요. 그래서 보기 처럼 동물들을 캐릭터로 많이 만들지요. 이를 참고하여 비둘기 아노스를 귀여운 캐릭터로 그려 보세요.

보기

2주
학습 끝!

확인할 내용	잘함	보통임	부족함
1. 이번 주 학습을 5일(월요일~금요일) 안에 끝마쳤나요?			
2. 통신 비둘기에 대해 잘 이해했나요?			
3. 아노스의 마음을 짐작할 수 있나요?			
4. 동물과 사람의 공통점과 차이점을 말할 수 있나요?			

2주 5일
학습 끝!

붙임 딱지 붙여요.

전하는 말

물을 훔쳐 간 범인을
찾아라!

생각톡톡 물을 보면 어떤 생각이 드는지 써 보세요.

관련교과 [과학 3-1] 물체와 물질이 무엇인지 알기
[과학 4-1] 도구를 활용해 무게와 부피 측정하기 / [과학 4-2] 물의 상태 변화를 정리하기

물을 훔쳐 간 범인을 찾아라!

　은서는 학교 수업을 마치고 영찬이, 소라와 함께 집으로 왔어요. 며칠 전 외삼촌 결혼식에서 가져온 꽃을 친구들에게 자랑할 생각에 부리나케 꽃이 있는 곳으로 달려갔지요.

　"얘들아, 내가 예쁘다고 했던 꽃이 바로 저 꽃이야."

　은서는 베란다에 놓인 대야를 가리키다 깜짝 놀랐어요. 처음 가져올 때 활짝 피어 있던 꽃들이 모두 시들어 있었기 때문이에요.

　"내가 꽃들이 시들지 않게 대야에 물도 담아 주었는데 왜 이렇게 됐지?"

　대야에는 물은 거의 남아 있지 않고 시든 꽃만 있었어요.

　"은서야, 꽃이 다 시들었는데?"

　"이상하다, 누가 훔쳐 가지도 않았을 텐데 물이 어디로 사라졌지?"

　은서는 대야에 담겨 있던 물이 어디로 사라졌는지 무척 궁금했어요.

　"에이, 꽃 보러 왔는데 아쉽다."

언어 1. 은서는 왜 친구들을 데리고 집에 왔나요? (   )

① 친구들과 숙제를 하려고   ② 친구들과 간식을 먹으려고

③ 친구들과 만화 영화를 보려고   ④ 친구들에게 꽃을 보여 주려고

과학 탐구 2. 은서와 친구들은 시들어 버린 꽃을 보고 실망했습니다. 꽃과 같은 식물이 자라는 데 필요한 조건이 <u>아닌</u> 것은 어느 것인가요?

(   )

① 물   ② 햇빛

③ 공기   ④ 기름

▲ 숲

논술 3. 은서가 대야에 담아 놓은 꽃은 금방 시들었습니다. 여러분이라면 꽃이 시들지 않게 어떻게 보관할지 써 보세요.

내가 물도 주었는데 꽃이 시들어서 속상해.

　은서는 실망한 친구들에게 미안해서 코코아차를 타 주기로 했어요. 엄마가 잠깐 옆집에 가셔서 은서가 직접 코코아차를 탈 준비를 했어요.

　은서는 어른이 없을 때에는 가스레인지를 사용하면 안 된다는 엄마의 말을 생각했어요. 그래서 전기 주전자에 세 잔의 코코아차를 탈 수 있는 양의 물을 넣었어요. 얼마 되지 않아 전기 주전자 주둥이로 김이 폭폭 나왔어요.

　"히히, 주전자 코에서 연기가 나온다."

　은서와 소라가 전기 주전자에서 나오는 김을 보며 킥킥거렸어요. 그 모습을 계속 보려고 은서는 물을 한참 동안 끓였지요.

　은서는 코코아 가루를 세 개의 컵에 담고 뜨거운 물을 부었어요. 그런데 이상하게도 전기 주전자에서 따른 물은 세 잔이 채 되지 않았어요. 영찬이 컵에는 물이 모자랐어요.

　"물이 왜 모자라지? 분명히 세 잔이 될 수 있도록 물을 넣었는데……?"

　은서는 고개를 갸웃거리며 물을 다시 끓여서 영찬이 컵을 채워 주었어요.

1. 밑줄 친 ㉠~㉢의 낱말 중 의미하는 것이 다른 하나를 고르세요. (   )

얼마 되지 않아 전기 주전자 주둥이로 ㉠<u>김</u>이 폭폭 나왔어요.
"히히, 주전자 ㉡<u>코</u>에서 ㉢<u>연기</u>가 나온다."

2. 우리 집에 놀러 온 친구들을 대하는 태도로 바른 것은 어느 것인가요?

(   )

① 먹을 것은 절대 주지 않습니다.
② 내 물건은 만지지 못하게 합니다.
③ 내 장난감을 가지고 함께 놉니다.
④ 엄마에게 친구를 소개시키지 않습니다.

3. 은서처럼 초등학교 저학년 학생이 가스레인지를 혼자 켜고 사용하는 것에 대해서 여러분은 어떻게 생각하는지 알맞은 것을 선택하고 그 이유도 써 보세요.

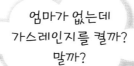

엄마가 없는데
가스레인지를 켤까?
말까?

□ 저학년 학생이 가스레인지를
켜는 것에 찬성합니다.

□ 저학년 학생이 가스레인지를
켜는 것에 반대합니다.

그렇게 생각한 이유:
....

....

세 친구는 코코아차를 마시며 물이 왜 줄었을까를 생각했어요.

"애들아, 우리가 직접 물이 어디로 사라졌는지 알아보자."

호기심쟁이 은서가 수첩을 꺼내며 말하자 소라와 영찬이도 찬성했어요.

"먼저 대야에 담은 물과 전기 주전자에 담은 물의 공통점을 찾아보자."

"물은 일정한 형태 없이 담는 그릇에 따라 모양이 바뀌었어. 대야에 넣으면 대야 모양, 컵에 넣으면 컵 모양으로 변했어!"

"정말 그러네."

영찬이 말에 은서가 맞장구를 치자 소라도 말했어요.

"물은 흘러. 수도꼭지에서 대야로, 전기 주전자에서 컵으로 물이 흘렀어."

친구들 말에 은서도 한마디 거들며 나섰어요.

"물은 손으로 잡을 수도 없어!"

은서는 친구들과 했던 얘기를 수첩에 꼼꼼히 적었어요.

※ **형태**: 사물의 생김새나 모양.

1. 이 글로 보아 알 수 있는 은서의 성격은 무엇인가요? (　　　)

① 욕심이 많습니다.　　　　　　② 탐구심이 많습니다.

③ 꼼꼼하지 않습니다.　　　　　④ 친구를 믿지 못합니다.

 2. 물의 특성으로 알맞지 <u>않은</u> 것은 무엇인가요? (　　　)

① 모양이나 크기가 변하지 않습니다.

② 높은 곳에서 낮은 곳으로 흐릅니다.

③ 담는 그릇에 따라 모양이 달라집니다.

④ 손으로 잡을 수 있는 형태를 가지고 있지 않습니다.

3주 1일
학습 끝!

붙임 딱지 붙여요.

3. 물은 담는 그릇에 따라 모양이 달라집니다. 대야에 반쯤 담긴 물과 컵에 반쯤 담긴 물을 그리고, 물의 모양이 어떻게 다른지 설명해 보세요.

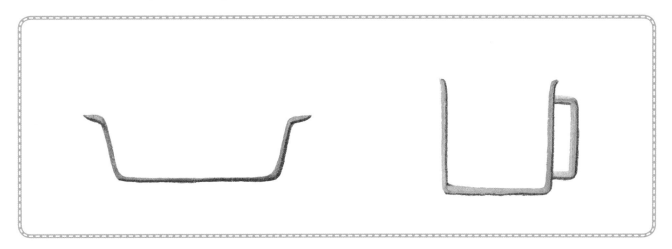

"물이 담겼던 대야와 전기 주전자의 공통점에 대해서도 알아보자."

탐정책을 많이 읽은 은서가 소라와 영찬이를 보며 말했어요.

은서와 친구들은 대야와 전기 주전자의 공통점을 찾기 시작했어요.

"찾았다! 대야와 전기 주전자는 모두 손으로 잡을 수 있어."

영찬이의 말에 소라도 큰 소리로 말했어요.

"대야와 전기 주전자는 힘을 가해도 모양이 변하지 않아. 대야는 대야 모양, 전기 주전자는 전기 주전자 모양 그대로야."

"정말 그렇구나."

소라의 말에 은서와 영찬이는 고개를 끄덕였어요.

은서는 친구들과 새롭게 알아낸 사실을 수첩에 계속 적었어요.

1. 은서와 친구들은 무엇에 대한 조사를 하고 있나요? (   )

① 설탕이 녹은 것   ② 코코아가 녹은 것

③ 물의 형태가 변하는 것   ④ 대야와 전기 주전자의 공통점

 2. 대야와 주전자처럼 일정한 모양이 있는 것은 어느 것인가요? (   )

①
우유

②
필통

③
주스

④
선풍기 바람

3. 은서는 새롭게 알아낸 사실들을 메모했습니다. 메모하는 습관을 기르면 어떤 점이 좋은지 보기 처럼 써 보세요.

보기 다른 사람과 약속한 날짜와 시간, 장소를 메모해 두면 약속을 잊지 않고 잘 지킬 수 있습니다.

"메모를 많이 했더니 손이 아프네. 우리 잠깐 쉬자."

"어, 풍선이다. 우리 누가 더 크게 부나 시합하자."

은서 책상에서 풍선을 발견한 영찬이가 말했어요.

신나게 풍선을 불던 은서가 그만 부푼 풍선을 놓치자 풍선이 후루룩 소리를 내며 날아갔어요. 은서는 쭈글쭈글해진 풍선을 보며 속상해했어요. 반면 소라와 영찬이는 빵빵하게 부풀어 오른 풍선을 보며 흐뭇해했어요.

"이렇게 풍선이 부풀어 오르는 이유는 뭘까?"

"그야, 우리가 공기를 불어 넣어 주었기 때문이지."

궁금해하는 소라에게 영찬이가 대답해 주었어요.

은서는 갑자기 대단한 발견을 한 사람처럼 공기는 눈에 보이지 않고 물처럼 손으로 잡을 수도 없다고 말했어요. 그때 은서 엄마가 아이스크림을 가지고 방으로 들어왔어요.

1. 부푼 풍선을 놓쳤을 때 풍선이 날아간 이유를 잘 설명한 친구는 누구인가요?

( )

① 풍선이 고무로 만들어졌기 때문이야.

② 풍선 속의 공기가 빠져나갔기 때문이야.

③ 풍선 속의 연기가 빠져나갔기 때문이야.

 2. 다음에서 말하고 있는 '나'는 무엇인지 이 글에서 찾아 쓰세요.

- 나는 눈에 보이지 않습니다.
- 나는 손으로 잡을 수 없습니다.
- 나는 담는 그릇에 따라 모양이 변합니다.
- 나는 담긴 그릇을 항상 고르게 채웁니다.

( )

3. 풍선을 불면 공기가 풍선 안으로 들어가서 부풀어 오릅니다. 이렇게 공기를 넣으면 부풀어 오르는 것을 찾아 보기 처럼 써 보세요.

보기 튜브에 공기를 넣으면 부풀어 올라요.

....

....

"얘들아, 아이스크림 먹고 놀렴."

"고맙습니다."

"맛있다. 얘들아, 아이스크림은 어떤 특징이 있을까?"

은서가 아이스크림을 이리저리 살피며 탐정놀이를 계속했어요.

"아이스크림은 대야와 전기 주전자처럼 일정한 모양이 있어."

"아니야, 지금은 물처럼 흘러내려."

영찬이 말에 녹아서 흘러내리는 아이스크림을 보며 소라가 말했어요. 은서는 수첩에 '아이스크림'이라고 적고 고개를 갸웃거리며 그 옆에 물음표를 썼어요. 그때 초인종 소리가 났어요.

"우아, 이모다!"

은서가 가장 좋아하는 이모가 집에 놀러 왔어요. 은서는 이모에게 친구들과 물을 훔쳐 간 범인을 찾는 중이라며 물이 사라진 이유에 대해 물어보았어요.

1. 은서는 아이스크림이란 낱말 옆에 왜 물음표를 썼을까요? (   )

① 아이스크림값이 궁금해서

② 아이스크림을 만드는 과정이 궁금해서

③ 아이스크림이 녹으면 어떻게 될지 궁금해서

④ 아이스크림이 일정한 모양을 가진 것인지 그렇지 않은 것인지 궁금해서

 2. 밑줄 친 '갸웃거리다'가 어색하게 쓰인 문장은 어느 것인가요? (   )

① 성모는 정답이 헷갈려서 고개를 <u>갸웃거렸습니다.</u>

② 동찬이는 고모를 보려고 고개를 <u>갸웃거렸습니다.</u>

③ 동생은 내가 질문을 하자 고개를 <u>갸웃거렸습니다.</u>

④ 나는 동생의 말을 믿을 수 없어 고개를 <u>갸웃거렸습니다.</u>

3주 2일
학습 끝!

붙임 딱지 붙여요.

 3. 아이스크림은 시간이 지나면서 녹아내렸습니다. 이처럼 시간이 지나면 모양이나 상태가 변하는 것을 찾아 보기 처럼 써 보세요.

보기

얼음은 시간이 지나면
녹아서 물이 됩니다.

"재미있는 놀이를 하고 있었구나. 먼저 물질과 물체에 대해 알아보자."

은서의 얘기를 들은 이모가 웃으며 말했어요.

"물체란 일정한 크기와 모양을 가지면서 공간을 차지하고 있는 거야. 물질은 물체를 만드는 재료야. 책상은 물체이고, 책상을 만드는 재료인 나무는 물질이지. 물질은 고체, 액체, 기체의 세 가지 상태로 있단다."

"고체, 액체, 기체가 뭐예요?"

"고무나 철처럼 모양과 부피가 일정하게 있는 건 고체야. 지금 우리 집에서 볼 수 있는 고체에는 무엇이 있을까?"

"일정한 모양과 부피가 있어야 하니까 컵, 의자, 수첩, 텔레비전."

은서가 집 안을 천천히 둘러보며 말했어요. 뒤이어 소라도 말했어요.

"시계, 탁자, 전화기, 책도 있어요."

"맞아. 그것들이 바로 고체란다."

과학탐구 1. 이 글의 내용에 맞으면 ◯표, 틀리면 ✕표 하세요.

⑴ 전화기는 일정한 모양과 부피가 있으므로 고체입니다. (   )

⑵ 컵은 물체이고, 컵을 만드는 재료인 유리는 물질입니다. (   )

⑶ 우리 주변의 물질은 고체, 액체, 기체로 나눌 수 있습니다. (   )

⑷ 책상은 고체이고, 책상을 만드는 재료인 나무는 고체가 아닙니다. (   )

과학탐구 2. 그림에서 '물체'에 해당되는 낱말은 ◯표, '물질'에 해당되는 낱말은 △표 하세요.

논술 3. 우리 주위의 물체는 색깔, 모양, 재료 등 여러 가지 기준으로 분류할 수 있습니다. 다음 물체를 어떤 기준을 정해서 보기 처럼 분류해 보세요.

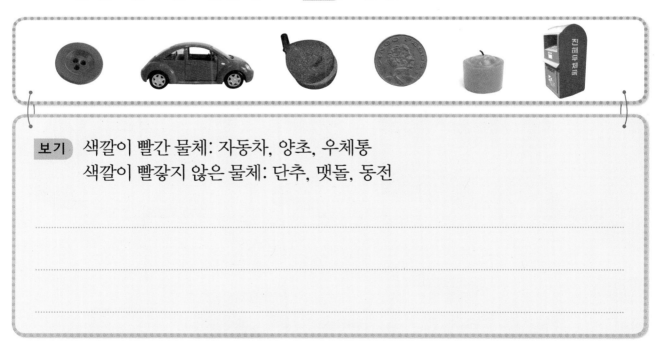

보기 색깔이 빨간 물체: 자동차, 양초, 우체통
색깔이 빨갛지 않은 물체: 단추, 맷돌, 동전

이모는 은서와 친구들을 부엌으로 데려간 뒤 냉커피를 한 잔 탔어요.

"물이나 우유, 냉커피처럼 담는 그릇에 따라 모양만 변하고 양은 변하지 않는 물질의 상태를 액체라고 해."

이모는 우리 주위에서 볼 수 있는 액체에 또 어떤 것이 있는지 물었어요.

"주스, 콜라, 코코아차요."

소라가 손을 들며 자신 있게 외쳤어요.

"맞았어. 액체는 담는 그릇에 따라 모양이 변하는 거 말고 특징이 또 있는데, 그게 뭘까?"

그러면서 이모는 냉커피를 빈 컵에 주르륵 따랐어요.

"아, 흐르는 성질이 있어요."

"딩동댕! 영찬이가 잘 말했어. 이제 고체와 액체에 대해 이해가 되었니?"

이모 말에 아이들은 모두 고개를 끄덕이며 "네."라고 대답했어요.

1. 다음 사진은 액체의 특성을 보여 주는 것입니다. 액체는 무엇에 따라 모양이 달라지는 것을 알 수 있나요? (   )

① 담는 그릇의 색깔
② 담는 그릇의 개수
③ 담는 그릇의 모양
④ 담는 그릇의 재료

 2. 다음 문장에서 '액체'에 해당되는 낱말을 두 개 찾아 ◯표 하세요.

비가 주룩주룩 내렸어요. 민철이는 두유를 먹으면서 우산을
들고 부지런히 학교로 갔어요.

 3. 우리 주변에서 흔히 볼 수 있는 액체의 색과 맛을 [보기] 처럼 써 보세요.

보기

사이다
색 투명하다.
맛 달고 톡 쏜다.

(1) 물
색
맛

(2) 우유
색
맛

(3) 주스
색
맛

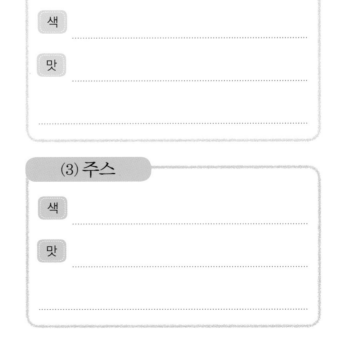

"공기처럼 일정한 모양을 가지고 있지 않으며 담는 그릇에 따라 모양이 달라지고, 담는 그릇의 크기에 상관없이 항상 공간을 가득 채우는 것을 기체라고 해."

"이모, 공기는 눈에 보이지 않는데, 공기가 있다는 걸 어떻게 알아요?"

은서가 이모 말에 얼른 궁금한 점을 물었어요.

"물속에 빨대를 꽂고 불었을 때 공기 방울이 생기는 것을 보고 알 수 있어. 공기의 움직임을 바람이라고 하니까 바람이 부는 것을 보고도 알 수 있지."

이모는 물은 액체이지만 고체나 기체가 될 수도 있다고 말했어요. 그러고는 눈으로 직접 확인하자며 얼음만 있는 컵을 햇볕이 잘 드는 곳에 두었어요. 얼음이 변하는 것을 기다리는 동안 이모는 아이들에게 수수께끼를 냈어요.

"머리카락을 풀고 하늘로 올라가는 건 뭘까?"

"연기요."

수수께끼를 풀며 노는 동안 얼음이 있던 컵에 물이 생겼어요.

1. 이 글의 내용을 잘 이해하지 <u>못한</u> 친구는 누구인가요? (   )

①
공기는 눈에 보이지는 않지만 우리 주위에 있어.

②
얼음은 온도가 올라가도 항상 딱딱한 상태로 있어.

③
기체는 담는 그릇에 따라 모양이 달라져.

 2. 얼음이 담긴 컵을 햇볕에 두었을 때의 그림입니다. 화살표가 가리키는 것이 물질의 어느 상태에 해당하는지 쓰세요.

(1) 얼음 (   )

(2) 물방울 (   )

 3. 우리 주위에 공기가 있다는 것을 알 수 있는 예를 보기 처럼 써 보세요.

보기 바람개비가 바람에 돌아갑니다.

"이모, 얼음 대신 물이 생겼어요."

"그건 얼음이 녹아서 물이 된 거란다. 우리 이 물을 끓여 볼까?"

이모는 컵에 있던 물을 냄비에 쏟고 뚜껑을 닫은 다음 가열했어요. 물이 보글보글 끓기 시작하자 김이 올라왔지요. 물을 한참을 끓인 뒤 뚜껑을 여니 냄비에는 물이 처음보다 적게 남아 있었어요.

"와, 물이 처음보다 줄어들었어요. 꼭 마술 같아요!"

"액체인 물은 냉동실처럼 차가운 곳에 있으면 고체인 얼음이 되고, 얼음은 따뜻한 곳에 있으면 녹아서 다시 물이 돼. 그리고 물을 높은 온도에서 계속 끓이면 기체인 수증기가 된단다. 하지만 이게 끝이 아니야."

이모는 냄비 뚜껑에 맺힌 물방울을 보여 주었어요. 그 물방울은 수증기가 냄비 뚜껑에 닿아 냄비 밖으로 날아가지 못하고 식어서 다시 물이 된 것이라고 설명해 주었어요.

과학 탐구 1. 물에 대해 바르게 설명하고 있지 <u>않은</u> 것은 어느 것인가요? (   )

① 물을 끓이면 기체인 수증기가 된다.

② 물을 냉동실에서 얼리면 고체인 얼음이 된다.

③ 물은 고체, 액체, 기체의 세 가지 상태로 존재한다.

④ 물을 끓인 냄비 뚜껑에 맺혀 있는 물방울은 기체이다.

 과학 탐구 2. 물을 얼음이나 수증기로 변화시키는 가장 큰 원인은 무엇인가요? (   )

① 바람   ② 습도   ③ 온도   ④ 물의 양

논술 3. 냄비에 물을 담아 펄펄 끓인 뒤 냄비 뚜껑을 열면 물이 처음보다 줄어든 것을 볼 수 있습니다. 그 까닭이 무엇인지 써 보세요.

"얘들아, 그렇다면 겨울에 내리는 눈은 물질의 세 가지 상태 중 무엇일까?"

"눈에 보이고 잡을 수 있으니까 고체예요."

영찬이가 곰곰 생각하더니 대답했어요.

"맞아. 그럼 흰 눈이 녹으면 무엇이 될까?"

"저요, 제가 말할래요. 물이요. 물은 액체예요."

소라가 친구들이 먼저 말할까 봐 앞으로 나서며 말했어요.

"맞았어. 그리고 물이 수증기가 되는 것을 증발이라고 하는데, 수증기로 변한 물은 하늘로 올라가."

"하늘로 올라간다고요?"

은서가 깜짝 놀라며 물었어요.

"그래, 하늘로 올라간 수증기는 다시 눈이나 비로 내린단다. 이렇게 물이 세 가지 모습으로 돌고 도는 것을 '물의 순환※'이라고 해."

※ **순환**: 주기적으로 자꾸 되풀이하여 돎. 또는 그런 과정.

1. 다음에서 말하는 물질은 무엇인가요? (   )

> • 나는 온도에 따라 고체, 액체, 기체의 모습으로 돌고 돕니다.
> • 나는 사람과 동물, 식물이 살아가는 데 없어서는 안 될 물질입니다.

① 밥   ② 물   ③ 햇볕   ④ 김치

 2. 물이 순환할 때 하늘로 올라간 수증기는 어떤 모습으로 다시 땅으로 내려오는지 두 가지를 고르세요. (   )

①

눈

②

비

③

번개

④

구름

3. 쌀, 콩 등의 고체를 갈면 쌀가루, 콩가루와 같은 고체가 됩니다. 우리 주변에서 고체이면서 가루로 된 물체를 찾아 보기 처럼 써 보세요.

보기   설탕: 흰색이고, 반짝거리며 단맛이 납니다.

"이제 물을 누가 훔쳐 갔는지 범인을 알 수 있겠니?"

이모의 말에 아이들은 모두 고개를 끄덕였어요.

"대야의 물은 햇볕 때문에 수증기가 되어 하늘로 올라갔어요. 꽃은 물이 없어서 시들었고요. 그래서 대야의 물을 훔쳐 간 범인은 해님이에요."

영찬이가 씩씩하게 말했어요.

"전기 주전자 속 물은 끓으면서 수증기가 되어 하늘로 올라갔지요. 그러니까 범인은 전기 주전자의 뜨거운 열이에요."

소라가 차분하게 말했어요.

"모두 맞았어. 범인을 찾아낸 걸 축하하는 뜻에서 이모가 피자 사 줄게!"

"우아, 고맙습니다."

"이모 최고, 사랑해요!"

이모의 말에 아이들은 환호성을 지르며 기뻐했어요.

1. 대야의 물을 훔쳐 간 범인이 해님이라고 한 이유는 무엇인가요? (   )

① 햇볕 때문에 물이 녹아내려서

② 햇볕 때문에 물이 얼음이 되어서

③ 햇볕 때문에 물이 그대로 있어서

④ 햇볕 때문에 물이 수증기가 되어서

 2. 전기 주전자 속 물이 줄어든 이유에 대해 잘 설명한 친구는 누구인가요?

(   )

① 전기 주전자에서 물이 새서 줄어든 거야.

② 전기 주전자에서 물이 얼어서 줄어든 거야.

③ 물이 끓으면서 수증기로 변했기 때문에 줄어든 거야.

3주 4일
학습 끝!

붙임 딱지 붙여요.

 3. 은서와 친구들의 호기심이 물을 훔쳐 간 범인을 찾아냈습니다. 친구들처럼 여러분이 호기심을 가졌던 일이 무엇인지 써 보세요.

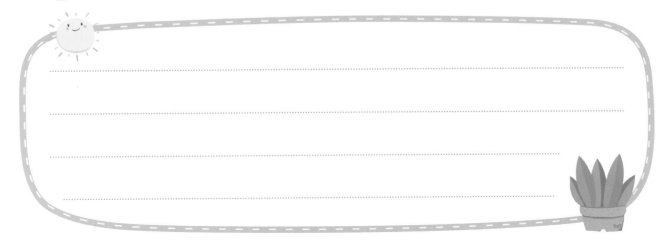

| '물을 훔쳐 간 범인을 찾아라!'를 잘 읽었나요? 이 글에 나타난 고체, 액체, 기체의 성질을 정리해서 빈칸에 쓰세요.

	고체	액체	기체
모양	일정한 모양이 있어서 담는 그릇에 따라 모양과 크기가 _____	일정한 모양이 없어서 담는 그릇에 따라 모양은 변하지만 양은 _____	일정한 모양이 없어서 담는 그릇에 따라 모양은 변하지만 담는 그릇을 항상 _____ 채운다.
특징	손으로 잡을 수 _____	손으로 잡을 수 _____	손으로 잡을 수 _____
예	연필 _____ _____	주스 _____ _____	공기 _____ _____

2 사진 속 물체를 만드는 물질의 특성을 각각 두 개씩 보기 에서 찾아 번호를 쓰세요.

보기 ① 흘러내립니다.
② 눈에 잘 보이지 않습니다.
③ 일정한 모양이 있습니다.
④ 담는 그릇을 항상 가득 채웁니다.
⑤ 담는 그릇에 따라 모양이 변하지 않습니다.
⑥ 담는 그릇에 따라 모양은 바뀌어도 양은 변하지 않습니다.

(1) 색연필 (   )   (2) 우유 (   )   (3) 풍선 속 공기 (   )

3 왼쪽의 물체를 구성하고 있는 물질을 찾아 줄로 이으세요.

(1)
책상

(2)
가위

(3)
금메달

(4)
유리컵

㉠ 금

㉡ 유리

㉢ 금속

㉣ 나무

4 보기 처럼 두 가지 이상의 물질로 이루어진 물체를 찾아서 이름과 그것을 구성하고 있는 물질을 써 보세요.

보기

자전거: 금속, 고무, 가죽 등

(1) 물체의 이름: ......

(2) 구성하고 있는 물질: ......

궁금해요

물질의 세 가지 상태 고체, 액체, 기체

우리는 여러 가지 물질을 사용하며 생활하고 있습니다. 고체, 액체, 기체는 물질을 이루는 세 가지 상태예요. 고체, 액체, 기체의 성질을 실험을 통해 알아봐요.

정직한 아이, 고체

- 연필을 유리컵에 넣어 보고 접시에 놓아 보세요.
- 연필의 모양이 변했나요, 변하지 않았나요?

연필과 같은 고체는 눈으로 볼 수 있고, 만질 수도 있어요. 그리고 담는 그릇이 바뀌어도 모양과 크기가 변하지 않아요. 소금, 설탕, 모래와 같은 가루도 작은 고체 알갱이들이 모여 있는 거예요. 가루 전체의 모양은 담는 그릇에 따라 변하지만, 가루 하나하나의 모양은 변하지 않습니다.

● 고체에 속하는 것들은 다음과 같아요.

눈과 눈사람

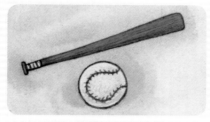

야구 방망이와 야구공

컵과 얼음

변신의 천재, 액체

- 병에 담긴 물을 대접에 따라 보세요.
- 물의 모양이 변했나요, 변하지 않았나요?
- 병에 있었던 물의 양이 대접으로 옮겼을 때 달라졌나요, 달라지지 않았나요?

물과 같은 액체는 담는 그릇에 따라 모양이 변해요. 그렇지만 양은 변하지 않아요. 액체는 흘러내리는 성질이 있지만, 손으로 잡을 수는 없어요.

● 액체에 속하는 것들은 다음과 같아요.

물

바닷물

주스

신비로운 아이, 기체

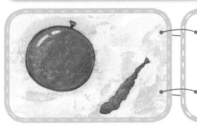

- 팽팽한 풍선과 느슨한 풍선을 손가락으로 눌러 보세요.
- 팽팽한 풍선이 잘 터질 것 같나요, 느슨한 풍선이 잘 터질 것 같나요?

부푼 풍선 속에 들어 있는 공기와 같은 기체는 일정한 모양과 양을 지니고 있지 않으며 손으로 잡을 수도 없어요. 기체는 담는 그릇에 따라 모양이 변하고, 담는 그릇의 크기에 상관없이 많이 넣을 수도 적게 넣을 수도 있어요. 공기가 많이 들어 있는 풍선을 누르면 곧 터질 것 같아요.

● 기체인 공기가 있다는 것을 알 수 있는 모습은 다음과 같아요.

선풍기 바람

연을 날리는 바람

풍차를 회전시키는 바람

✎ 액체와 기체의 공통점을 써 보세요.

고체, 액체, 기체를 만나 봐요

여러분은 오늘 고체, 액체, 기체와 얼마나 자주 만났나요? 하루 일을 되돌아보고 고체, 액체, 기체와 만난 일을 중심으로 보기 처럼 만화로 그려 보세요.

확인할 내용	잘함	보통임	부족함
1. 이번 주 학습을 5일(월요일~금요일) 안에 끝마쳤나요?			
2. 물체와 물질에 대해 알고 있나요?			
3. 고체, 액체, 기체의 특성을 잘 이해했나요?			
4. 고체, 액체, 기체를 구별할 수 있나요?			

고체

액체

기체

전하는 말

4주

안내하는 글을 써 봐요

생각톡톡 사진 속 화살표로 안내하고 싶은 곳이 있다면 어디인지 써 보세요.

관련교과
[국어 2-1] 주변에 있는 물건 설명하기
[국어 3-1] 설명하는 글의 특징 알기

약도를 이용한 장소 안내문

우리 집에 놀러 와!

민재야, 내일 우리 집에 놀러 올 수 있니? 준영이, 슬찬이, 영찬이도 모두 오기로 했어. 오랜만에 우리 오총사 다 모이자.

학교 수업 끝나고 오후 3시까지 우리 집으로 오면 돼. 같이 숙제도 하고 게임도 하면서 놀자.

우리 집 위치를 찾아오기 쉽게 약도로 그려서 가르쳐 줄게.

학교 옆에 있는 범한상가에서 횡단보도를 건너. 횡단보도를 건너자마자 앞에 있는 건물을 마주보고 오른쪽 골목으로 들어와. 그 골목에서 왼쪽 두 번째 집이 우리 집이야. 대문이 파란색이고 지붕 위에 장미가 있어서 찾기 쉬울 거야.

학교에서 출발해서 걸으면 10분 정도밖에 안 걸려. 꼭 올 거지?

그럼 내일 보자.

태균이가

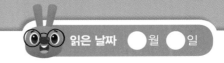

이해력 **1. 이 글은 친구에게 자기 집의 위치를 안내하는 글입니다. 무엇을 이용하여 친구가 알기 쉽게 글을 썼나요? (   )**

① 책　　　　　　② 약도　　　　　　③ 컴퓨터　　　　　　④ 텔레비전

분석력 **2. 안내하는 글을 쓸 때에 주의할 점이 <u>아닌</u> 것은 어느 것인가요? (   )**

① 읽는 사람이 알기 쉽게 씁니다.
② 필요한 경우 그림을 넣어 설명합니다.
③ 읽는 사람이 알고 싶어 하는 것을 자세히 씁니다.
④ 읽는 사람과 상관없이 글쓴이가 쓰고 싶은 내용만 씁니다.

논술 **3. 이 글에서 안내하는 내용을 정리하여 빈칸에 써 보세요.**

(1) 초대받는 사람	
(2) 초대하는 목적	
(3) 초대하는 장소	
(4) 초대하는 사람	

01 행사 안내문

어린이날 행사에 많이 참여해 주세요

안녕하세요. 나뭇잎들이 싱그러운 초록색을 띠는 5월이 시작되었습니다.

이번 5월 4일 토요일에 학원에서 어린이날 행사를 하려고 합니다. 오전에 국립 중앙 어린이 박물관을 다녀온 뒤 학원에서 점심을 먹을 예정입니다.

학원에서 버스가 9시 30분에 출발할 예정이오니 행사에 참여할 어린이들은 9시 10분까지 학원으로 모여 주시기 바랍니다.

점심은 학원에서 준비하므로 어린이들 가정에서는 따로 준비할 것이 없습니다. 음식은 피자, 치킨, 김밥, 과일 등입니다.

점심 식사 뒤 간단한 게임과 놀이를 하고 오후 3시에 귀가하겠습니다.

어린이들이 어린이날 행사에 즐겁게 참여할 수 있도록 많은 관심 부탁드리고, 행사에 참여할 어린이들은 목요일까지 각 반 선생님께 참석 여부를 알려 주시기 바랍니다.

이해력 1. 이 안내문은 무엇에 대해 알리려고 쓴 글인가요? (   )

① 어린이날 행사   ② 어린이날 등산

③ 어린이날 음악회   ④ 어린이날 운동회

이해력 2. 다음은 학원에서 차릴 예정인 어린이날 점심상입니다. 안내문에 나와 있는 음식에 ◯표 하세요.

논술 3. 이 안내문은 행사를 하는 목적이 잘 드러나 있지 않습니다. 행사의 목적이 잘 드러나도록 빈칸에 알맞은 말을 써 보세요.

> 5월 4일 토요일에 학원에서 어린이날 행사를 하려고 합니다.

> _____
>
> 5월 4일 토요일에 학원에서 어린이날 행사를 하려고 합니다.

겨루기 대회 안내문

제1회 전국 초등학생 춤 겨루기 대회

　어린이 문화 재단에서 '전국 초등학생 춤 겨루기 대회'를 개최합니다. 건전한 춤 문화를 사회에 정착시키고 어린이들이 춤으로 몸과 마음을 건강하게 가꿀 수 있도록 하는 것이 이 대회의 목적입니다. 이번 대회에서는 고전 무용, 현대 무용, 힙합, 재즈 댄스 등 네 개 부문에 걸쳐서 서로의 재주를 겨루게 됩니다. 춤에 관심 있는 어린이들의 많은 참여 바랍니다.

- **원서 접수 날짜**: 4월 5일~4월 7일 오전 9시~오후 6시
- **원서 접수 장소**: 어린이 문화 재단 행사 지원과
- **대회 날짜**: 4월 15일 오후 1시
- **대회 장소**: 잠실 체조 경기장
- **참가 자격**: 지역 예선 통과자(개인 혹은 동아리)
- **참가비**: 무료
- ※ **문의**: 어린이 문화 재단 행사 지원과 02 – ○○○ – ○○○○

※ **정착**: 새로운 문화나 지식 등이 당연한 것으로 사회에서 받아들여짐.

1. 어린이 문화 재단에서 이 행사를 하는 목적은 무엇인가요? (   )

① 어린이들에게 춤을 가르치기 위해서

② 춤을 가장 잘 추는 어린이를 뽑기 위해서

③ 어린이들에게 춤의 종류를 알리기 위해서

④ 어린이들이 건전한 춤으로 몸과 마음을 가꿀 수 있도록 하기 위해서

2. 이 안내문을 보고 춤 겨루기 대회에 대해 바르게 말하지 <u>못한</u> 친구는 누구인가요? (   )

① 4월 7일까지 원서 접수를 해야 하니 서둘러야겠어.

 ② 궁금한 점이 있으니 어린이 문화 재단 행사 지원과에 전화를 해야겠어.

③ 4월 15일에 지역 예선까지 치르니 그날 잠실 체조 경기장이 복잡하겠어.

3. 이 안내문에는 어린이들이 이해하기 어려운 낱말이 섞여 있습니다. 밑줄 친 부분의 말이 쉽게 이해될 수 있도록 고쳐서 써 보세요.

<u>건전한 춤 문화를 사회에 정착시키고</u> 어린이들이 춤으로 몸과 마음을 건강하게 가꿀 수 있도록 하는 것이 이 대회의 목적입니다.

↓

_____ 어린이들이 춤으로 몸과 마음을 건강하게 가꿀 수 있도록 하는 것이 이 대회의 목적입니다.

4주 1일 학습 끝!

붙임 딱지 붙여요.

한겨울 지하철 실내 온도는 몇 도?

안녕하십니까, 서울 교통 공사입니다.

수많은 시민이 이용하는 지하철 실내 온도를 어느 한 분에게 맞게 조정하기는 어려운 문제입니다. 그래서 시민 여러분의 편의를 위해 서울 교통 공사에서는 지하철 칸마다 온도 감지 장치를 달아서 온도를 점검하고 있습니다.

시민들이 이용하시기에 불편함이 없도록 실내 온도가 18도 이하로 내려가면 자동으로 난방기가 돌아가도록 되어 있습니다. 또 승객이 많은 구간에서는 환풍기를 돌려 탁한 공기로 답답함을 느끼시지 않도록 노력하고 있습니다.

다른 사람보다 추위를 덜 느끼신다고요? 그럼 17도 이하부터 난방기가 돌아가는 약난방칸을 이용하시면 훨씬 편안하게 이용하실 수 있습니다.

서울 교통 공사는 언제나 시민들을 위해 노력하고 있습니다. 저희와 함께 따뜻한 겨울을 보내시기 바랍니다.

이해력 **1. 이 안내문에서 안내하는 내용이 <u>아닌</u> 것은 무엇인가요? (   )**

① 지하철 실내 온도는 17도 이하가 적당합니다.

② 지하철 약난방칸을 자유롭게 이용할 수 있습니다.

③ 쾌적한 지하철 이용을 위해 언제나 노력하고 있습니다.

④ 지하철 실내 온도를 감지하는 장치로 온도를 조정하고 있습니다.

추리력 **2. 이 안내문을 지하철 이외의 다른 장소에도 붙이려고 합니다. 다음 중 어디에 붙이면 좋을까요? (   )**

①

공원

②

야구장

③

버스 안

논술 **3. 이 안내문은 제목에 묻는 문장을 사용하여 읽는 사람의 관심을 끌고 있습니다. 이 글의 내용에 어울리는 다른 제목을 보기 처럼 써 보세요.**

보기   지하철 온도가 자동으로 조절됩니다.

도서관 이용 안내문

방학 중 도서관 이렇게 이용하세요

1. 도서관 개방 시간
• 월~금 오전 9:00 ~ 오후 3:00

2. 도서 대출 권수
• **학생** : 1인 2책 7일(1주일)
• **도서부** : 1인 4책 14일(2주일)
• **학부모** : 1인 5책 14일(2주일)

3. 대출과 반납 방법
• **대출** : ① 대출하고 싶은 책을 고릅니다.

② 고른 책과 대출증을 사서 선생님께 드립니다.

③ 대출이 잘 되었는지 확인하고 반납하는 날짜를 기억합니다.
• **반납** : ① 다 읽은 책을 대출 반납대에 올려놓습니다.

② 반납이 되었는지 대출증을 확인합니다.

4. 도서관 위치
• ○○초등학교 아우동 1층

※ 누구나 오셔서 마음껏 책도 읽고 공부도 하세요.

※ **대출**: 돈이나 물건 따위를 빌려주거나 빌리는 것.
※ **반납**: 도로 돌려주는 것.

1. 이 안내문은 무엇에 대하여 안내하고 있나요? (   )

① 방학 동안 책을 읽는 방법

② 방학 동안 책을 사는 방법

③ 방학 동안 도서관을 이용하는 방법

④ 방학 동안 도서관을 열지 않는 까닭

 2. 도서관에서 책을 빌리는 방법을 빈칸에 순서대로 번호를 쓰세요.

(1)

고른 책과 대출증을 사서 선생님께 드립니다.

(2)
읽고 싶은 책을 고릅니다.

(3)
책을 들고 집으로 돌아갑니다.

(4)

대출증에 책의 이름과 반납 날짜를 씁니다.

(   ) → (   ) → (   ) → (   )

3. 이 안내문이 여러분이 다니는 학교 도서관의 안내문이라면 어떤 점이 더 궁금한지 써 보세요.

02 표지물 개선 안내문

아동 안전 지킴이집 표지물이 바뀌었어요

　많은 분들이 아동 안전 지킴이집의 표지물을 곰돌이 모형으로만 알고 있습니다. 이번에 경찰청에서는 아동 안전 지킴이집의 표지물을 건물에 붙일 수 있도록 새롭게 만들어 기존 곰돌이 모형과 같이 사용하도록 하였습니다.

　아동 안전 지킴이집의 두 가지 표지물을 잘 보고, 어린이 여러분이 혹시라도 위급할 때에는 아동 안전 지킴이집으로 도움을 요청하세요.

새롭게 바뀐 표지물	기존 곰돌이 모형

◆ 아동 안전 지킴이집이란?

　아동이 쉽게 갈 수 있는 학교 놀이터, 공원 주변에 있는 편의점, 약국, 문구점 등을 아동 안전 지킴이집으로 지정해 위험에 처한 아동을 임시 보호하고 신속히 경찰에 넘겨주는 곳입니다.

20○○. ○○. ○○
○○ 초등학교 장

이해력 **1. 이 안내문에서 가장 알리고 싶은 중심 내용은 무엇인가요? (   )**

① 아동 안전 지킴이집을 이용하는 방법 안내

② 새롭게 만든 아동 안전 지킴이집의 표지물 안내

③ 기존에 있던 아동 안전 지킴이집의 표지물 안내

④ 아동 안전 지킴이집으로 지정된 곳에서 지켜야 할 사항 안내

 추리력 **2. 아동 안전 지킴이집이 할 일로 바르지 <u>않은</u> 것은 무엇인가요? (   )**

① 위험에 처한 어린이를 모른 체합니다.

② 어린이를 보호하는 동안 어린이를 안심시킵니다.

③ 어린이가 도움을 요청하면 곧바로 112 또는 관할 지구대로 연락합니다.

④ 길을 잃은 어린이를 보면 '실종 아동 찾기 센터(국번 없이 182)'에 신고합니다.

 논술 **3. 아동 안전 지킴이집은 어떤 때에 이용해야 할지 보기 처럼 써 보세요.**

보기 낯선 사람이 나를 쫓아올 때 찾아갑니다.

4주 2일
학습 끝!

붙임 딱지 붙여요.

여행 일정 안내문

03 4주

축구부 겨울 방학 여행

축구부 겨울 방학 여행 일정이 정해졌습니다.

다음 사항을 확인하시고 참여 여부를 작성하시어

월요일까지 축구부로 보내 주세요.

- **날짜** : 1월 15일~1월 16일
- **행사 일정**

구분	시간	행사 일정	기타
1부 프로그램 (1월 15일) 강원도	09:00~10:30	강원도 외갓집 체험 마을 도착	짐 풀기
	10:30~12:00	나무꾼 체험, 장작 패기	
	12:00~13:00	가마솥 점심 식사	시골식 반찬
	13:00~15:00	썰매 타기	눈이 오면 비료 포대로 눈썰매 타기
		모닥불에 고구마 구워 먹기	밤 구워 먹기
	15:30	학교로 출발	
2부 프로그램 (1월 15일~ 1월 16일) 학교	17:00	학교 도착 및 휴식	
	17:00~18:30	연극 준비	
	18:30~19:30	저녁 식사	학교 식당에서 식사
	19:30~20:30	연극 발표회	
	20:30~21:00	부모님께 편지 쓰기 및 취침	학교 생활관
	08:00	기상 및 산책	편지 부치기
	08:00~09:00	아침 식사 및 여행 일기 쓰기	
	09:00~10:00	집으로 귀가	

-------------------- 〈절 취 선〉 --------------------

이 름:

축구부 겨울 방학 여행 참여 여부			
1부 프로그램만 참여하겠습니다.		참여하지 않겠습니다.	
1, 2부 프로그램에 모두 참여하겠습니다.			

이해력 1. 이 안내문을 보고 여행 기간과 장소를 바르게 정리한 것은 어느 것인가요?

(   )

	여행 기간	장소
①	1일	외갓집 체험 마을
②	2일	외갓집 체험 마을, 학교
③	1박 2일	외갓집 체험 마을, 학교
④	2박 3일	외갓집 체험 마을, 학교

분석력 2. '외갓집 체험 마을'과 같은 공공장소에서 바르게 행동하지 <u>않은</u> 친구는 누구 인가요? (   )

① 공공장소에 맞는 규칙을 지켰어.

② 친구와 얘기할 때 조용히 말했어.

③ 차례대로 줄을 서서 순서를 기다렸어.

④ 우리 집이 아니라서 쓰레기를 아무 데나 버렸어.

논술 3. 이 안내문을 읽고 여행에 참여하려고 할 때 더 궁금한 점이 있다면 무엇인지 **보기** 처럼 써 보세요.

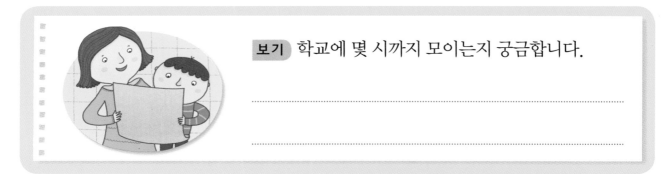

보기 학교에 몇 시까지 모이는지 궁금합니다.

......

......

공사 안내문

아파트 내부를 수리합니다

안녕하세요, 102동 1201호에 사는 사람입니다.

이번에 저희 집에서 내부 수리로 인해 며칠 동안 공사를 할 예정입니다. 공사로 인하여 다소 시끄러운 소리가 날 수도 있습니다.

저희 집 공사로 인하여 불편 사항이 있으실 경우 아래 전화번호로 연락하여 주시면 신속히 처리하도록 하겠습니다.

주민 여러분께 불편을 끼쳐 드려 대단히 죄송합니다. 최대한 조용하고 빠르게 공사를 마무리하겠습니다.

- **공사 기간**: 10월 4일~10월 5일(이틀)
- **연락처**: (집) 02-123-1234
  　　　　 (휴대 전화) 010-123-1234

이해력 1. 이 글에서 안내하고 있는 것이 <u>아닌</u> 것은 무엇인가요? (   )

① 공사하는 기간 ② 공사하는 이유

③ 공사하는 집 호수 ④ 공사하는 집 주인 연락처

분석력 2. 이 안내문을 본 사람들의 반응으로 알맞은 것은 무엇인가요? (   )

①
이틀 동안 시끄러울 테니 가족들에게 말해야겠다.

②
에이, 경찰에 신고해서 공사를 못 하게 막아야겠다.

③
공사할 동안 시끄러울 테니 이사 가야겠다.

논술 3. 이 안내문은 공사로 인해 불편한 상황이 발생하면 빠르게 처리해 주겠다는 약속의 의미도 있습니다. 이처럼 친구나 가족에게 약속한 내용을 빈칸에 써 보세요.

(1) 약속한 사람	
(2) 약속 내용	
(3) 약속 시간	
(4) 약속 장소	

이전 안내문

동 주민 센터를 이전합니다

　주민 여러분이 오래전부터 품어 온 소망인 동 주민 센터 새 건물이 완공되어 내년 1월 1일부터 새로운 건물에서 동 주민 센터 업무를 시작하게 되었음을 알려 드립니다.

　그동안 많은 불편을 참고 이해하여 주신 주민 여러분께 깊은 감사를 드립니다. 우리 동 주민 센터에서는 창의적 사고와 친절로 최상의 민원 행정 서비스를 제공할 수 있도록 최선을 다하겠습니다.

　새 동 주민 센터 건물에는 주민들을 위한 편의 시설이 많이 있으니 언제라도 오셔서 마음껏 즐기시기 바랍니다.

새 동 주민 센터 건물의 입주 현황

어린이집	어린이집 식당, 보육실 등(지상 1층)
동 민원실	각종 민원 발급 및 신고 처리 등(지상 2층)
자치 회관	주민 휴게실, 마을 문고, 주민 상담실 등(지상 3층), 대강당, 컴퓨터실(지상 4층), 헬스장(지상 5층), 정원(옥상) 등

• 새 동 주민 센터 위치: 옛 동 주민 센터 건너편 햇살초등학교 옆
• 전화번호: 777-8800~8820

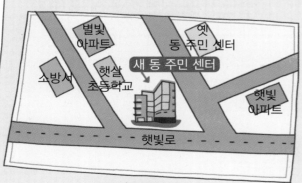

그림지도

새 동 주민 센터 모습

이해력 1. 이 안내문은 무엇을 안내하기 위해 쓴 글인가요? (   )

① 동 주민 센터가 하는 일

② 동 주민 센터에 있는 시설

③ 동 주민 센터를 이용하는 방법

④ 동 주민 센터가 새 건물에서 업무를 시작하는 것

분석력 2. 이 안내문을 바르게 이해한 내용 두 가지에 ◯ 표 하세요.

(1) 동 주민 센터는 아무나 이용하면 안 됩니다. (   )

(2) 새 동 주민 센터는 내년 1월 1일부터 문을 엽니다. (   )

(3) 동 주민 센터를 새로 지어서 시설이 더 좋아졌습니다. (   )

(4) 동 주민 센터가 없어져서 주민들이 일을 볼 수 없습니다. (   )

논술 3. 동 주민 센터는 마을 사람들의 행정 업무나 불편한 점을 돌봐 주는 공공 기관입니다. 이처럼 우리 마을을 위해 애쓰시는 분들이 하는 일이 무엇인지 써 보세요.

애쓰시는 분	하시는 일
(1) 경찰관	
(2) 소방관	
(3) 환경미화원	

4주 3일 학습 끝!

붙임 딱지 붙여요.

04 구명조끼 입는 방법 설명서

구명조끼 이렇게 입어요

물놀이를 할 때에는 구명조끼를 꼭 입어야 해요. 아래 그림과 설명서에 따라 구명조끼를 입고 안전하게 물놀이하세요.

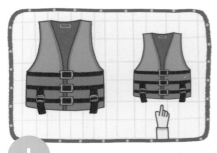

1 자신의 신체 치수에 맞는 구명조끼를 선택합니다.

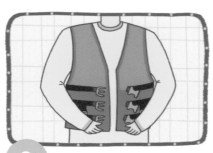

2 구명조끼의 버클들을 끄르고, 구명조끼를 입습니다.

3 구명조끼의 버클들을 채웁니다.

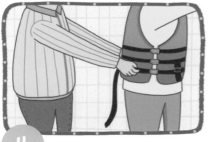

4 다른 사람이 띠를 당겨서 구명조끼가 몸에 꼭 맞도록 합니다.

5 구명조끼 뒤에 있는 다리 끈을 다리 사이로 빼냅니다.

6 다리 끈 하나를 구명조끼에 겁니다.

7 다른 다리 끈 하나도 구명조끼에 걸면 착용 끝!

8 구명조끼를 입고 안전하게 물놀이하세요.

분석력 **1. 이 글과 같은 설명서를 쓸 때 주의할 점은 어느 것인가요? (   )**

① 생각나는 대로 씁니다.

② 되도록 간단하게 씁니다.

③ 일의 순서나 방법이 잘 나타나게 씁니다.

④ 글쓴이가 주장하는 내용이 잘 드러나게 씁니다.

 추리력 **2. 이 글을 읽어야 하는 이유를 바르게 설명한 친구는 누구인가요? (   )**

① 구명조끼는 색깔이 다양하니까 입는 방법을 알아야 해.

② 구명조끼는 신기하니까 어떻게 입는지 알아야 해.

③ 구명조끼는 생명과 직접적인 관련이 있으니까 입는 방법을 정확히 알아야 해.

논술 **3. 여러분이 이 안내문을 읽고 구명조끼를 입는다면 어른에게 어떤 것을 부탁해야 할지 보기 처럼 써 보세요.**

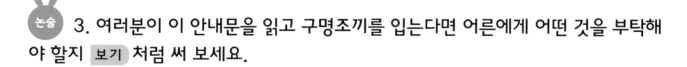

보기 구명조끼가 제 치수에 맞는지 봐 주세요.

요리 설명서

오늘은 슈퍼마켓에서
사 온 유부로
유부초밥을
해 먹을까?

유부초밥 조리법

1 밥을 평소보다 물을 조금 덜 부어 고슬고슬하게 지어요.

2 유부를 살짝 눌러 조미액을 짜내요.(꽉 누르지 마세요.)

3 넓은 그릇에 뜨거운 밥 두 공기와 첨부된 소스, 볶음 채소를 넣어요.

4 주걱으로 3 을 고루 섞어 초밥을 만들어요.

5 초밥을 유부 속에 적당히 채워요.(초밥을 많이 채우면 유부가 찢어져요.)

6 접시에 예쁘게 담아내서 맛있게 먹어요.

이해력 1. 이 설명서는 무엇에 대해 설명하는 글인가요? (   )

① 유부초밥을 사는 방법

② 유부초밥을 만드는 방법

③ 유부초밥을 맛있게 먹는 방법

④ 유부초밥에 필요한 재료를 구하는 방법

분석력 2. 이 설명서로 보아 유부초밥에 들어가는 재료가 무엇인지 그림에서 모두 찾아 ◯표 하세요.

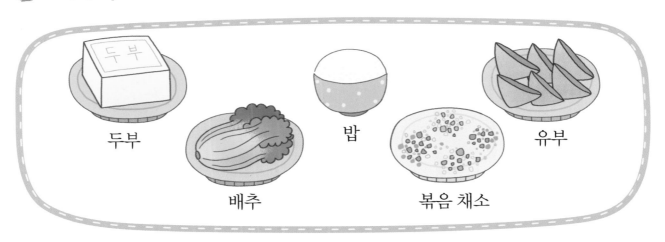

두부

배추

밥

볶음 채소

유부

논술 3. 음식 만드는 방법을 설명하려고 합니다. 관심 있는 음식을 정하고 음식 만드는 방법을 써 보세요.

(1) 음식 이름:

(2) 재료:

(3) 음식 만드는 방법:

땅 따먹기 놀이해요

1 운동장에 큰 원을 그리고 바둑알만 한 돌을 준비합니다.

2 각자 한 구석에 손 뼘으로 반원을 그려 놀이의 시작이 되는 집을 만듭니다.

3 가위바위보로 순서를 정합니다.

4 자기 집을 시작으로 돌을 손으로 세 번 튕겨서 다시 자기 집으로 돌아옵니다. 돌이 지나간 자리를 선으로 그어 자기 땅으로 만듭니다.

5 다른 사람의 땅으로 들어간 돌이라도 튕겨서 자기 집으로 돌아오면 남의 땅을 따먹을 수 있습니다.

6 돌이 세 번 이내에 자기 땅으로 들어오지 못하거나 원 밖으로 나가면 다음 사람에게 순서를 넘깁니다.

7 따먹을 땅이 없을 때까지 계속하고 더 많은 땅을 차지한 사람이 이깁니다.

1. 이 글로 미루어 보아 땅을 딸 수 있는 친구는 누구인가요? (　　　)

① 돌이 원 밖으로 나갔어.

② 돌을 세 번 튕겼는데 내 집까지 한 뼘이 모자라.

③ 돌을 네 번 튕겨서 내 집으로 들어가게 했어.

④ 돌이 남의 땅으로 들어갔지만 세 번 튕겨서 내 집으로 들어왔어.

 2. 일의 순서나 방법을 설명하는 글의 특징이 <u>아닌</u> 것은 어느 것인가요?

(　　　)

① 글의 내용을 이해하기 쉽습니다.
② 글쓴이의 생각이 잘 나타나 있습니다.
③ 일의 방법이 순서대로 나타나 있습니다.
④ 먼저 할 일과 나중에 할 일이 나타나 있습니다.

3. '두꺼비집 짓기' 놀이 방법을 설명하는 글을 쓰려고 합니다. 빈칸에 알기 쉽게 설명하는 글을 써 보세요.

⑴ 모래 속에 한 손을 넣고 그 위에 모래를 덮습니다.
⑵ 모래를 계속 덮고 두드리면서 노래를 부릅니다.
⑶
....

....

....

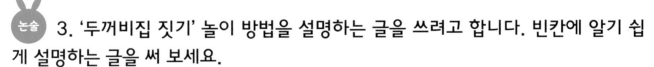

4주 4일
학습 끝!

붙임 딱지 붙여요.

여러분은 지금 보물섬에 가려고 합니다. 안내하는 글인 안내문과 설명서를 완성해서 보물섬에 도착해 보세요.

1 밑줄 친 말을 정확한 숫자로 바꾸어 쓰세요.

★ 보물섬으로 당신을 초대합니다. 보물섬은 집에서 <u>천 개의 섬을 지나 첫 번째 보이는</u> 섬입니다.

→ 보물섬은 집에서 _____ 번째 섬입니다.

2 밑줄 친 문장을 누구나 이해할 수 있도록 쉬운 말로 바꾸어 쓰세요.

★ 보물섬은 집에서 계속 <u>직진하다가</u> 첫 번째 횡단보도 앞에서 <u>우회전</u>, 보건소 앞에서 <u>좌회전한</u> 뒤 버스 정류장에서 1004번 버스를 타고 두 번째 정류장에서 내려야 갈 수 있습니다.

(1) 직진하다가 → _____

(2) 우회전 → _____

(3) 좌회전한 → _____

3 보물섬에 들어가려면 다음 약도를 보고 우리 집 위치를 설명해야 합니다. 빈칸에 알맞은 낱말을 쓰세요.

사랑 사거리에 있는 ○○은행에서 _____ 사

거리 쪽으로 조금만 가면 _____ 가 있어요.

주유소 옆 골목으로 들어와서 그 길의 오른쪽에서

_____ 번째에 있는 집이 우리 집이에요.

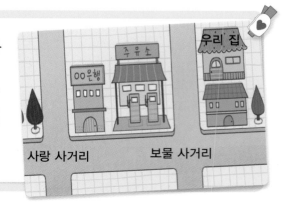

4 보물섬에 들어가려면 다음 안내문에서 안내를 받는 대상에 밑줄을 쳐야 합니다. 알맞은 부분에 밑줄을 그으세요.

어린이 문화 재단에서 '전국 초등학생 춤 겨루기 대회'를 개최합니다. 어린이들이 건전한 춤으로 몸과 마음을 건강하게 가꿀 수 있도록 하는 것이 이 대회의 목적입니다. 이번 대회에서는 고전 무용, 현대 무용, 힙합, 재즈 댄스 등 네 개 부문에 걸쳐 서로의 재주를 겨루게 됩니다.

5 보물섬에 들어가려면 다음 진공청소기의 사용 설명서를 순서대로 바로잡아야 합니다. 알맞은 순서대로 번호를 쓰세요.

(1) 전원 스위치를 켜고 세기를 조절하여 청소해요.
(2) 전원 플러그를 콘센트에서 뽑고, 전선 감기 단추를 눌러 전선을 감아요.
(3) 전원 플러그를 콘센트에 꽂아요.

(   ) → (   ) → (   )

6 보물섬에 들어가려면 여러분이 좋아하는 놀이에 대해 설명하는 글을 써야 합니다. 다음 내용을 정리하여 써 보세요.

(1) 놀이 제목: ....

(2) 놀이 방법: ....

....

....

안내하는 글과 설명서에 대해 알아봐요

안내문

1. 안내문이란 무엇인가요?

상대방이 필요로 하는 정보를 정확하고 알기 쉽게 설명한 글이에요.

2. 안내문은 어떻게 써야 하나요?

- 안내문은 내용을 간결하고 정확하게 써야 해요.
- 누구나 이해할 수 있도록 쉽게 써야 해요.
- 복잡한 내용은 그림이나 지도, 도형 등을 이용하여 한눈에 알아볼 수 있도록 쓰는 것이 좋아요.

3. 다음과 같은 안내문을 쓸 때 추가해야 할 내용은 무엇인가요?

안내문 예

꿈나무 과학 캠프 참가 안내문
○○ 시설 관리 공단에서는 초등학생들이 과학에 관심을 가지고 과학에 대한 꿈을 키울 수 있도록 하기 위해 꿈나무 과학 캠프를 개최할 예정입니다.

- 행사를 하는 장소와 기간이 드러나야 해요.
- 행사 대상이 자세히 드러나야 해요.
- 행사 참여 방법이 있어야 해요.
- 행사 장소를 찾아올 수 있도록 약도나 연락처 등이 있어야 해요.

1. 설명서란 무엇인가요?

설명서는 물건의 사용 방법이나 사용할 때의 주의 사항, 일의 순서를 설명한 글이에요. 설명서를 읽으면 일의 순서나 방법을 쉽고 정확하게 알 수 있어요.

2. 설명서는 어떻게 읽는 게 효과적인가요?

- 글을 전체적으로 읽고, 일의 순서를 머릿속에 떠올려요.
- 일의 순서가 복잡할 경우, 순서를 큰 덩어리로 나누어요.
- 큰 덩어리의 순서를 자세히 나누어요.
- 읽는 것만으로 잘 이해가 되지 않는 부분은 실제로 해 보며 이해해요.

> 설명서를 읽으면서 하니까 쉽네.

3. 설명서는 어떻게 써야 하나요?

- 일의 순서나 방법을 설명하는 데 필요한 내용만 써요.
- 읽는 사람이 알기 쉽도록 '먼저', '그다음으로', '마지막으로' 등과 같이 차례를 나타내는 말을 사용해요.
- 읽는 사람이 이해하기 쉬운 낱말과 표현을 사용하여 정확하게 설명해요.
- 순서에 따라 설명하다가 주의해야 할 점이 있으면 덧붙여요.

✐ 안내문이나 설명서를 쓸 때 중요한 점이 무엇인지 써 보세요.

내가 할래요

통통 튀는 안내문을 만들어 봐요

여러분 방에 들어오는 가족이나 손님에게 노크해 줄 것을 부탁하는 안내문을 쓰려고 합니다.
보기 처럼 상대방을 배려하면서도 재미있는 안내문을 써 보세요.

보기

확인할 내용	잘함	보통임	부족함
1. 이번 주 학습을 5일(월요일~금요일) 안에 끝마쳤나요?			
2. 안내문에 대해 잘 이해했나요?			
3. 설명서에 대해 잘 이해했나요?			
4. 안내문이나 설명서를 직접 쓸 수 있나요?			

4주
학습 끝!

전하는 말

4주 5일
학습 끝!

붙임 딱지 붙여요

1주 불개 이야기

1주 11쪽 · 생각 톡톡

예 해가 없으면 세상이 어두운 밤만 계속되어 꽃과 나무가 자라지 못할 것입니다.

1주 13쪽

1 ③ 2 (1) X (2) ○ (3) ○ (4) ○ 3 예 공책에 글씨를 쓸 수 없어서 녹음기로 선생님 말을 녹음하면서 공부를 할 것입니다.

3 깜깜하고 어두운 곳에서 공부를 한다면 어떻게 행동해야 할지를 생각해 봅니다.

1주 15쪽

1 ② 2 ① 3 예 좋은 임금님이에요: 백성들이 더는 어둡지 않고 밝은 곳에서 살기를 바랐기 때문입니다. / 나쁜 임금님이에요: 불개에게 인간 세상에 있는 해를 훔쳐 오게 했기 때문입니다.

3 임금님이 불개에게 해를 가져오라고 한 이유가 무엇인지 살펴보고, 임금님의 행동에 대해 판단해 봅니다.

1주 17쪽

1 해를 가져가면 까막나라 사람들이 더는 어두운 곳에서 일을 하지 않아도 되기 때문이야. 2 ① 3 예 공책이나 종이에 글씨를 쓰는 것이 힘듭니다. / 물건을 사고팔 때 돈을 정확하게 계산하기 힘듭니다.

2 눈물은 주로 자극이나 감동을 받으면 나옵니다.

3 어두운 곳에서는 물건을 만들거나 글씨를 읽고 쓰는 일 등이 힘듭니다.

1주 19쪽

1 ② 2 (2) ○ (3) ○ 3 예 나눗셈 문제만 나오면 번번이 틀립니다. / 달리기만 하면 번번이 꼴찌를 합니다.

2 빛을 내는 것 중에는 전기를 이용하여 빛을 내는 물체도 있습니다.

3 때마다 반복되는 일이 무엇인지 생활 속에서 찾아봅니다.

1주 21쪽

1 ③ 2 ① 3 예 뜨거운 것을 참고 용감하게 인간 세상의 해를 까막나라로 가져와서 까막나라를 밝게 해 주었기

2 참을성은 힘든 것을 참고 견디는 마음입니다.

3 상장은 잘한 행동을 칭찬하기 위해 줍니다. 불개가 해를 가져왔다면 임금님이 어떤 점을 칭찬했을지 생각해 봅니다.

1주 23쪽

1 ④ 2 ① 3 예 임금님은 어떠한 일을 이루고자 하는 마음이 강한 성격입니다. / 임금님은 성격이 급합니다. / 임금님은 포기를 모르는 성격입니다.

2 달은 지구 주위를 도는 지구의 위성으로 햇빛을 반사하여 밤에 밝은 빛을 냅니다.

3 임금님의 말과 행동을 통해 성격을 파악해 봅니다.

1주 25쪽

1 (1) ○ (2) X (3) X (4) ○ **2** ② **3** 예 달에 사람이나 동물, 식물이 살고 있는지 확인하고 싶습니다.

2 해, 달은 지구에서 아주 먼 거리에 있습니다.

3 달에 간다면 꼭 하고 싶은 일이 무엇인지 생각해 봅니다.

1주 27쪽

1 ① **2** ③ **3** 예 불개에게 / 불개야, 실망하지 마. 너는 최선을 다했지만 해는 뜨거워서, 달은 차가워서 물 수 없었잖아. 네가 할 수 있는 일인데도 포기했다면 나쁘지만, 넌 열심히 했어. 까막나라를 밝혀 줄 수 있는 다른 물건을 찾아보면 어떨까? 열심히 노력하면 꼭 찾을 수 있을 거야. 불개야, 힘내! 20○○년 ○월 ○일 / 보람이가

1 불개는 달이 몹시 차가워서 괴로워했습니다.

3 위로하는 말을 할 때에는 상대방의 마음을 헤아리면서 진심을 담아서 말해야 합니다.

1주 29쪽

1 ③ **2** ① **3** 예 동생이 내가 열심히 그려 놓은 그림에 낙서를 했을 때 몹시 화를 냈습니다.

---

2 햇빛이 비추는 곳은 따뜻하여 온도가 올라갑니다.

3 다른 사람의 행동이나 말이 불쾌하거나 못마땅해서 화를 냈을 때가 언제인지 생각해 봅니다.

1주 31쪽

1 ① **2** ③ **3** 예 어디에나 가지고 다닐 수 있는 작은 손전등 / 어두운 밤길을 밝혀 주는 가로등 / 주변을 환하게 밝힐 수 있는 양초

3 까막나라에 꼭 필요한 것은 빛을 내는 물건일 것입니다. 빛을 내는 물건이 무엇인지 떠올려 봅니다.

1주 33쪽

1 ①, ④ **2** ② **3** 예 따뜻한 햇볕 아래에서 산책도 하고, 운동도 하고, 농사도 지을 것입니다.

3 까막나라가 밝아지면 임금님과 백성들이 무엇을 하고 싶을지 생각해 봅니다.

1주 35쪽

1 ① **2** (1) ㉡ (2) ㉠ **3** 예 임금님과 불개들은 인간 세상에서 해와 달을 가져오려고 오랫동안 노력했습니다. 그러던 어느 날, 지혜로운 신하가 돌과 돌을 부딪쳐 불을 만들어 냈습니다. 그 뒤 까막나라에도 불이 생겨서 모두 환한 세상에서 행복하게 살았답니다.

3 이 글의 마지막 내용과 자연스럽게 이어질 수 있는 내용을 생각해 봅니다.

1주 36~37쪽 　되돌아봐요

1 (4) → (1) → (3) → (6) → (5) → (2)　2 깜깜하다, 어둡다, 답답하다, 새까맣다　3 **예** 임금님이 잠도 자지 못할 정도로 백성들을 생각하는 장면이 인상 깊었어.　4 ①　5 **예** 임금님께 / 까막나라 임금님, 안녕하세요! 저는 인간 세상에 사는 이선균이에요. 까막나라를 밝게 하려고 노력했지만 성공하지 못해 무척 안타까워요. 그래서 제가 공부할 때 사용하는 전기스탠드를 보내 드릴게요. 어두운 곳에서 책을 읽거나 공부할 때 사용하면 아주 좋답니다. 그럼 힘내세요. 20○○년 ○월 ○일 / 이선균 올림

4 이 글을 읽고 난 뒤의 생각이나 느낌을 잘 표현한 문장을 찾습니다.

5 임금님의 마음을 진심으로 위로하는 편지글을 씁니다.

1주 39쪽 　궁금해요

✏️ **예** 낮인 지역은 계속 낮이고, 밤인 지역은 계속 밤일 것입니다. 그래서 계속 낮인 지역은 덥고, 계속 밤인 지역은 추워서 생활하기 힘들 것입니다.

● 지구가 자전을 하기 때문에 낮과 밤이 생깁니다. 지구가 자전을 하지 않으면 어떤 일이 생길지 생각해 봅니다.

1주 41쪽 　내가 할래요

● **예** (1) 할아버지, 할머니: 놀러 갈 때마다 재미있는 이야기를 들려주시고, 맛있는 간식을 주시기 때문입니다. (2) 친구: 함께 공부도 하고, 재미있게 놀기 때문입니다.

2주 　시턴 "동물기"(위대한 통신 비둘기 아노스)

2주 43쪽 　생각 톡톡

예 새끼가 있는 둥지를 향해 날아가고 있습니다.

2주 45쪽

1 ③　2 ②　3 **예** 처음 하는 일에 대해 꼼꼼하게 조사를 합니다. 그리고 그 일에 대해 잘 알고 있는 사람에게 궁금한 점을 묻거나 도움을 받습니다.

3 처음 하는 일을 잘하기 위해서 선배에게 도움을 얻는 방법, 자료를 조사하는 방법 등을 다양하게 생각해 봅니다.

2주 47쪽

1 ③　2 ④　3 **예** 갑자기 집에 급한 일이 생긴 것을 먼 곳에 있는 친척에게 알릴 때

2 새는 몸에 깃털이 있고 다리가 둘이며, 하늘을 자유로이 날 수 있는 짐승입니다.

3 통신 비둘기의 장점은 사람이 가기 힘든 곳을 갈 수 있고 사람보다 빠르게 소식을 전달하는 것입니다. 이 장점이 필요한 경우를 생각해 봅니다.

2주 49쪽

1 ④　2 ①, ②, ③　3 **예** 1111S, 무슨 일이든 최고로 잘하는 선아라는 뜻입니다. / 7777M 항상 행운이 따르는 민욱이라는 뜻입니다.

2 손으로 여러 가지 물건을 만들 수 있는 동물은 사람뿐입니다.

3 자기만의 경험이나 장점이 숨어 있는 특별한 번호를 정합니다.

2주 51쪽

1 (1) ○ (2) ○ (3) X (4) X **2** ③ **3** 예 아노스, 넌 잘할 수 있을 거야. 빅블루가 너보다 힘은 셀지 모르지만 나는 네가 더 빠르고 정확하다고 생각해. / 빅블루, 이번 바다 훈련은 네가 통과할 거야. 힘내렴!

3 응원하는 말을 할 때에는 상대방이 힘을 낼 수 있도록 용기를 북돋워 주는 내용으로 말해야 합니다.

2주 53쪽

1 ④ **2** ① **3** 예 배가 고장이 나서 바다 한가운데에서 조난을 당했습니다. 다행히 배 안에 통신 비둘기가 있어서 구조 요청을 합니다. 항구에서 시속 100킬로미터로 4시간 정도 바다 위를 달렸습니다. 위치를 확인하여 빨리 구조선을 보내 주세요.

2 조난을 당했을 때는 먼저 침착하게 구조 요청을 해야 합니다.

3 조난을 당한 상황과 현재의 위치 등을 알려 주어야 빠르고 정확하게 구조를 받을 수 있습니다.

2주 55쪽

1 (2) → (3) → (1) → (4) **2** ③ **3** 예 예상치 못한 문제가 생겨도 좌절하지 않고 적극적으로 해결하려는 성격입니다.

2 비둘기는 귀소 본능(동물이 제집을 찾아오는 성질)이 있기 때문에 낯선 길이라도 결국 제집을 찾아갑니다.

3 등장인물의 말과 행동을 통해 성격을 파악합니다.

2주 57쪽

1 ④ **2** ③ **3** 예 배고픈 동생이 허겁지겁 밥을 먹었습니다.

2 통신 비둘기의 쪽지는 중요한 내용이 대부분이기 때문에 내용에 따라 빨리 대처해야 합니다.

3 '허겁지겁'은 정신을 차리지 못할 정도로 조급한 마음으로 허둥거리는 모양을 나타내는 말입니다.

2주 59쪽

1 (1) X (2) ○ (3) X (4) ○ **2** ② **3** 예 아노스, 많은 사람들에게 사랑을 받는다고 뽐내지 말고 항상 겸손하렴. 통신 비둘기로서 너의 능력을 발휘할 수 있도록 꾸준히 노력하면 앞으로도 사랑을 받을 거야.

2 한 시간은 60분이므로 4시간 40분은 280분입니다.

3 통신 비둘기로서 사람들에게 계속 사랑을 받을 수 있는 방법을 생각해 봅니다.

2주 61쪽

1 ② **2** ③ **3** 예 우리 집은 컴퓨터를 하루에 30분만 사용할 수 있습니다. 이 규칙을 어기면 다음 날 컴퓨터를 사용할 수 없습니다.

2 1미터는 100센티미터, 1킬로미터는 1,000미터입니다.

3 규칙은 여러 사람이 다 같이 지키기로 정해 놓은 기준입니다. 우리 집에서 가족 모두가 지키기로 한 규칙이 무엇인지 생각해 봅니다.

2주 63쪽

1 ④ **2** ① **3 예** 집으로 돌아가고 싶어. / 가족과 친구들도 보고 싶어. 모두 나를 찾고 있겠지? / 언제쯤이면 집으로 돌아갈 수 있을까? / 아저씨, 제발 저를 집으로 보내 주세요.

2 비둘기장 주인이 아노스를 보내지 않고 가둔 것은 이기적이고 잘못된 행동입니다.

3 2년 동안 갇혀 있었던 아노스의 입장이 되어 생각해 봅니다.

2주 65쪽

1 ④ **2** ③ **3 예** 아노스, 이제 겨우 집으로 돌아갈 수 있게 되었는데 총을 맞다니 정말 안됐어. 아노스, 아플 땐 잠시 쉬는 것도 좋아. 계속 날아가다 힘이 빠지면 안 되잖아. 안전한 장소에서 조금 쉬었다가 가렴. 그러면 집으로 다시 돌아갈 수 있을 거야.

2 아노스는 집으로 꼭 돌아가고 싶었습니다.

3 위로하는 말을 할 때에는 상대방의 아픈 마음을 이해하고 진심을 담아 말해야 합니다.

2주 67쪽

1 ② **2** ③ **3 예** 위대한 통신 비둘기 아노스, 여기에서 편히 쉬다.

2 매는 부리와 발톱은 갈고리 모양이며, 비둘기와 같은 작은 새를 잡아먹고 삽니다.

3 비석에는 죽은 이의 일생을 한두 줄로 짧게 정리하여 쓰는 경우가 많습니다. 아노스의 삶을 정리해서 씁니다.

2주 68~69쪽   되돌아봐요

1 (1) ⓑ (2) ⓛ (3) ⓒ (4) ⓔ (5) ㉠ (6) ⓜ
2 영리하다, 훌륭하다, 판단력이 뛰어나다, 방향 감각이 뛰어나다 **3** (1) ⓒ (2) ㉠ (3) ⓛ **4** ①, ④ **5 예** 하늘 나라에서 행복하게 지내고 있니? 네가 집으로 돌아가는 길에 매에게 잡혔을 때 정말 놀랐어. 네가 가족도 보지 못하고 죽었다고 생각하니 마음이 무척 아팠단다. 부디 그곳에서는 아프지 말고 잘 지내렴. 항상 너를 기억할게. 20○○년 ○월 ○일 / 윤주가

2 아노스는 통신 비둘기 역할을 아주 훌륭하게 해냈습니다.

4 아노스의 주인과 집이 따로 있는데도 자기 욕심을 채우려고 아노스를 가둔 모습에서 시러큐스 비둘기장 주인의 성격이 잘 드러납니다.

2주 71쪽   궁금해요

✎ 산토끼

● 식물성 먹이는 풀, 나무껍질, 나뭇잎 따위를 말합니다.

2주 73쪽   내가 할래요

● 해설 참조

● 아노스의 특징을 살려 귀엽고 재미있는 모습으로 그려 봅니다.

3주 물을 훔쳐 간 범인을 찾아라!

3주 75쪽 　　생각 톡톡

예 마시고 싶다, 시원하다는 생각이 듭니다.

3주 77쪽

1 ④　2 ④　3 **예** 꽃을 꽃병에 꽂아서 거실에 두고 하루에 한 번씩 깨끗한 물로 갈아 주겠습니다.

1 결혼식장에서 가져온 꽃을 자랑하고 싶었기 때문입니다.

2 식물이 자라는 데 꼭 필요한 것은 물, 공기, 햇빛입니다. 이 밖에 영양분이 필요합니다.

3 꽃병의 꽃이 시드는 까닭 중 하나는 물을 빨아들이는 물관이 막혀서입니다. 물이 깨끗하지 않으면 세균이 번식해서 물관을 막히게 합니다.

3주 79쪽

1 ⓒ　2 ③　3 **예** 찬성합니다: 부모님이나 어른이 외출하셨는데 배가 고프면 가스레인지를 사용해서 음식을 데워 먹거나 만들어 먹어야 하기 때문입니다. / 반대합니다: 가스레인지는 불을 사용하기 때문에 아주 위험합니다. 그래서 가스레인지를 켜려면 초등학교 5~6학년은 되어야 한다고 생각합니다.

1 김은 수증기가 공기 중에서 식어서 작은 물방울로 변한 것입니다.

2 우리 집에 온 친구나 손님에게는 친절하고 상냥하게 대해야 합니다.

3 가스레인지처럼 조심해야 하는 물건을 어린이들이 사용하는 것에 대한 나의 생각과 이유를 씁니다.

3주 81쪽

1 ②　2 ①　3 해설 참조

1 은서는 호기심이 생긴 일에 대해 탐구하는 성격입니다.

2 모양이나 크기가 변하지 않는 것은 고체의 특성입니다.

3 대야에 담긴 물은 대야 모양이고, 컵에 담긴 물은 컵 모양입니다.

3주 83쪽

1 ④　2 ②　3 **예** 며칠 전에 있었던 일도 다시 생각해 낼 수 있고, 중요한 내용은 잊어버리지 않고 기억할 수 있습니다.

1 물이 담겨 있던 대야와 전기 주전자의 공통점에 대해 알아보고 있습니다.

2 대야와 주전자는 고체입니다. 우유와 주스는 액체이고, 선풍기 바람은 기체입니다.

3 메모를 잘하면 일을 계획적으로 할 수 있고, 지난 일에 대한 기록이 쌓이게 되어 정보를 잘 활용할 수 있습니다.

3주 85쪽

1 ② 2 공기 3 예 축구공에 공기를 넣으면 부풀어 올라요.

1 부푼 풍선이 날아가는 이유는 풍선 입구로 공기가 빠져나가는 움직임에 대하여 반대의 움직임이 생겨나기 때문입니다.

2 기체인 공기에 대한 설명입니다.

3 물체에 공기를 넣으면 부풀어 오르는 것은 무엇이 있는지 생각해 봅니다.

3주 87쪽

1 ④ 2 ② 3 예 초콜릿을 뜨거운 곳에 놓아두면 녹습니다.

1 아이스크림이 대야나 전기 주전자처럼 모양이 있는 것 같기도 하고, 물처럼 흘러내리는 것 같기도 해서 이상하게 생각했습니다.

2 무엇을 보려고 고개나 몸 따위를 이쪽저쪽으로 자꾸 기울이는 뜻을 가진 낱말은 '기웃거리다'입니다.

3 우리 주변에서 시간이 지나면 처음과 달리 상태나 모양이 변하는 것은 무엇이 있는지 찾아봅니다.

3주 89쪽

1 (1) ○ (2) ○ (3) ○ (4) X 2 해설 참조
3 예 모양이 둥근 물체: 단추, 맷돌, 동전, 양초 /
모양이 둥글지 않은 물체: 자동차, 우체통

1 나무는 고체입니다.

2

3 물체의 공통점을 찾아 다양한 기준을 세워 자유롭게 분류해 봅니다.

3주 91쪽

1 ③ 2 비, 두유 3 예 (1) 색: 투명하다. / 맛: 아무 맛이 없다. (2) 색: 흰색이다. / 맛: 고소하다. (3) 색: 다양하다. / 맛: 달기도 하고 시기도 하다.

1 액체는 담는 그릇의 모양에 따라 모양이 변합니다.

2 비와 두유는 물처럼 일정한 형태는 없지만, 담는 그릇에 따라 모양이 변하는 액체입니다.

3 주변에 있는 액체를 마셔 보고 색과 맛에 대해 자세하게 씁니다.

3주 93쪽

1 ② 2 (1) 고체 (2) 액체 3 예 나뭇잎이 바람에 흔들립니다. / 선풍기를 켜면 바람이 시원합니다. / 깃발이 바람에 날립니다.

1 얼음은 온도가 올라가면 액체 상태인 물로 녹아내립니다.

2 얼음은 고체, 물방울은 액체입니다.

3 우리 주변에서 공기가 있음을 알 수 있는 증거를 찾아봅니다.

1 ④ 2 ③ 3 예 물이 끓으면서 액체 상태였던 물은 기체 상태인 수증기가 되어 증발하였습니다. 그리하여 냄비의 물이 처음보다 줄어든 것입니다.

1 물을 끓인 냄비 뚜껑에 맺힌 물방울은 액체 상태의 물입니다. 기체 상태로 있는 물은 수증기입니다.

2 물이 상태 변화를 하는 원인은 온도입니다.

3 물이 끓으면서 일부 수증기는 날아가고 일부 수증기는 냄비 뚜껑에 막혀 날아가지 못하고 뚜껑 안쪽에 닿아 물이 되어 맺혔습니다. 그리하여 냄비 속 물이 줄어든 것입니다.

1 ② 2 ①, ② 3 예 소금: 흰색이고, 반짝거리며 짠맛이 납니다. / 밀가루: 흰색이고, 반짝임이 없으며 아무 맛도 안 납니다.

2 기체 상태로 하늘로 올라간 물이 찬 공기와 만나면 눈이나 비가 되어 땅으로 내려옵니다.

3 어떤 물질이 가루가 되면 알갱이의 크기만 바뀌고 그 성질은 바뀌지 않습니다.

1 ④ 2 ③ 3 예 '남극의 눈물'이라는 텔레비전 프로그램을 보았는데, 남극을 지키려면 어떻게 해야 하는지 호기심이 생겼습니다.

2 물을 계속 가열하면 수증기로 변합니다.

3 호기심은 새롭고 신기한 것을 좋아하거나 모르는 것을 알고 싶어 하는 마음입니다. 이런 마음이 생겼던 적을 떠올려 봅니다.

1 해설 참조 2 (1) ③, ⑤ (2) ①, ⑥ (3) ②, ④
3 (1) ㄹ (2) ㄷ (3) ㄱ (4) ㄴ 4 예 (1) 자동차 (2) 금속, 유리, 고무, 플라스틱 등

1

	고체	액체	기체
모양	일정한 모양이 있어서 담는 그릇에 따라 모양과 크기가 **변하지 않는다.**	일정한 모양이 없어서 담는 그릇에 따라 모양은 변하지만 양은 **변하지 않는다.**	일정한 모양이 없어 담는 그릇에 따라 모양은 변하지만 담는 그릇을 항상 **가득** 채운다.
특징	손으로 잡을 수 **있다.**	손으로 잡을 수 **없다.**	손으로 잡을 수 **없다.**
예	연필, 예 책상, 의자, 지우개 등	주스, 예 물, 우유, 식초 등	공기, 예 산소, 수소, 질소 등

4 물질의 특성을 생각해서 두 가지 이상의 재료로 만들어진 물체를 찾아봅니다.

✏️ 담는 그릇에 따라 모양이 변하고, 손으로 잡을 수 없습니다.

● 액체와 기체의 특징을 떠올려 봅니다.

● 해설 참조

● 우리 생활 속에서 고체, 액체, 기체가 어떻게 사용되고 있는지 그려 봅니다.

정답및해설

4주 안내하는 글을 써 봐요

4주 107쪽 | 생각 톡톡

예 친구들에게 우리 마을에 있는 도서관과 놀이
터를 안내하고 싶습니다.

4주 109쪽

1 ② 2 ④ 3 (1) 민재 (2) 오랜만에 친구들과
모여 게임도 하고, 숙제도 하면서 놀려고 (3) 태
균이네 집 (4) 태균이

1 길을 안내하는 글을 쓸 때에는 그림이나 지도
등을 사용하여 찾아오는 사람이 쉽게 찾을 수
있도록 해야 합니다.

3 안내하는 글은 상대방이 필요한 정보를 정확하
고 알기 쉽게 설명하는 글입니다. 이 글을 자세
히 읽고 안내하는 내용을 정리해 봅니다.

4주 111쪽

1 ① 2 해설 참조 3 **예** 공부하느라 힘들었던
어린이들이 어린이날 하루만이라도 마음껏 뛰놀
면서 쉬게 하려고

2

3 행사를 알리는 안내문은 행사를 개최하는 사
람과 행사를 하는 목적이 잘 드러나야 합니다.
어린이날을 맞이하여 어린이들을 기쁘게 하기
위한 목적이 잘 드러나게 씁니다.

4주 113쪽

1 ④ 2 ③ 3 **예** 좋은 춤이 사회에 널리 퍼지고

2 지역 예선 통과자들만 4월 15일 대회에 참가할
수 있습니다.

3 안내문을 읽는 사람이 이해하기 쉬운 낱말을
사용하여 알기 쉽게 바꾸어 씁니다.

4주 115쪽

1 ① 2 ③ 3 **예** 지하철이 덥다고요? 그럼 약
냉방칸을 이용하세요.

2 지하철 이용 안내문이니 비슷한 대중 교통수단
에 붙이는 것이 좋습니다.

3 읽는 사람의 관심을 끌 만한 제목을 생각해 봅
니다.

4주 117쪽

1 ③ 2 (2) → (1) → (4) → (3) 3 **예** 학교에 다니
지 않는 동생도 도서관에 데려올 수 있는지를 물
어보고 싶습니다.

3 이 안내문을 읽고 궁금한 점이 있다면 무엇인
지 생각해 봅니다.

4주 119쪽

1 ② 2 ① 3 **예** 길을 잃었을 때나 위급한 상황
에서 찾아갑니다.

1 문단에는 말하고자 하는 내용인 중심 내용과
중심 내용을 뒷받침하거나 자세히 설명하는 세
부 내용이 있습니다. 대부분의 안내문은 제목
이 중심 내용과 연관이 있습니다.

2 아동 안전 지킴이집은 위험에 처한 아이의 안전을 위해 노력해야 합니다.

3 아동 안전 지킴이집에 대해 알아보고, 어떠한 경우에 아동 안전 지킴이집을 찾아가야 하는지 살펴봅니다.

4주 121쪽

1 ③ **2** ④ **3** 예 준비물이 무엇인지 궁금합니다. / 1부 프로그램에만 참여하는 사람은 몇 시에 집으로 돌아가는지 궁금합니다.

1 행사 일정표에 여행에 대한 자세한 내용이 있습니다.

2 여러 사람이 이용하는 공공장소에서는 다른 사람에게 피해가 가지 않도록 규칙을 잘 지켜야 하고, 시설물도 깨끗하게 사용해야 합니다.

3 행사 일정에 모두 참여하는 사람과 그렇지 않은 사람의 입장에 따라서 어떤 궁금한 점이 생길지 생각해 봅니다.

4주 123쪽

1 ② **2** ① **3** 예 ⑴ 친구 명필이 ⑵ 어린이 도서관에 가서 책을 읽기로 했음. ⑶ 토요일 오후 2시 ⑷ 학교 운동장 그네 앞

1 공사하는 이유에 대해서는 안내하고 있지 않습니다.

2 이 공사 안내문은 공사에 따른 불편함에 대하여 사람들에게 양해를 구하는 글입니다.

3 다른 사람과의 약속은 소중하며 잘 지키도록 노력해야 합니다. 친구나 가족과 약속을 했던 경험을 떠올려 봅니다.

4주 125쪽

1 ④ **2** ⑵ ○ ⑶ ○ **3** 예 ⑴ 도둑이나 나쁜 사람 잡기, 교통 안내와 단속 등 ⑵ 화재 예방과 불 끄기, 응급 환자 도와주기 등 ⑶ 쓰레기 가져가기, 길가의 쓰레기 치우기 등

1 동 주민 센터 이전에 대해 안내하고 있습니다.

2 동 주민 센터는 누구나 자유롭게 이용할 수 있는 공공장소입니다.

3 우리 마을을 위해 애쓰시는 분들이 누구인지 조사하고 그분들이 하시는 일에 대해 알아봅니다.

4주 127쪽

1 ③ **2** ③ **3** 예 구명조끼를 제대로 입었는지 확인해 주세요.

1 설명서는 읽는 사람이 이해하기 쉽도록 일의 순서나 방법이 잘 드러나게 써야 합니다.

3 어린이는 신체가 작기 때문에 어린이용 구명조끼를 입어야 합니다. 개인용 구명조끼가 아니라, 여럿이 사용하는 구명조끼라면 띠를 당겨서 자신의 몸에 꼭 맞도록 해야 합니다.

4주 129쪽

1 ② **2** 해설 참조 **3** 예 ⑴ 김밥 ⑵ 김, 오이, 당근, 단무지, 맛살, 계란, 밥 ⑶ ① 고슬고슬하게 밥을 지어요. ② 김밥에 넣을 재료를 준비해요. ③ 김 위에 밥과 김밥 재료를 얹고 돌돌 말아요. ④ 칼로 적당한 길이로 썰어요. ⑤ 접시에 담아 맛있게 먹어요.

2

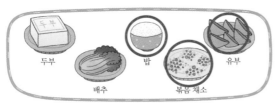

두부　배추　밥　볶음 채소　유부

3 내가 좋아하는 요리를 찾아 읽는 사람이 이해
하기 쉽게 요리 설명서를 씁니다.

4주 131쪽

1 ④　2 ②　3 예 (3) 노래가 끝나면 모래로 만든
집이 무너지지 않도록 흙을 탁탁 두드리면서 손
을 조심스럽게 빼냅니다. 모래가 무너지면 지는
것입니다.

1 남의 땅에 들어갔어도 돌을 튕겨서 세 번 안에
자기 집으로 돌아오면 돌이 지나간 자리는 모
두 자기 땅이 되므로 땅이 커집니다.

2 글쓴이의 생각이 나타나는 글은 주장하는 글
입니다.

3 두꺼비집 짓기 놀이는 모래에 손을 넣고 두드려
서 단단하게 한 뒤 손을 빼서 모래가 무너지지
않게 하는 놀이입니다.

4주 132~133쪽　되돌아봐요

1 1001　2 예 (1) 곧바로 쭉 가다가　(2) 오른쪽
으로 돌고　(3) 왼쪽으로 돈　3 보물, 주유소, 두
4 전국 초등학생　5 (3) → (1) → (2)　6 예 (1) 하
나 빼기　(2) 두 사람이 양손으로 가위바위보를
합니다. / "하나 빼기"를 외치면 두 사람 모두 한
손을 재빨리 뺍니다. / 남은 손의 모양으로 가위
바위보에서 이기고 진 사람을 확인합니다.

2 직진은 곧게 나아감, 우회전은 오른쪽으로 돎,
좌회전은 왼쪽으로 돎이라는 뜻입니다.

3 약도를 잘 보고 빈칸에 알맞은 낱말을 씁니다.

4 누구를 대상으로 하는 춤 겨루기 대회인지를
보면 안내를 받는 대상이 누구인지 알 수 있습
니다.

5 이 설명서는 진공청소기를 사용하는 방법에 대
한 설명서입니다. 진공청소기를 어떤 순서로 사
용해야 하는지 생각해 봅니다.

6 내가 좋아하는 놀이나 잘 알고 있는 놀이를 선
택해서 설명합니다.

4주 135쪽　궁금해요

✏️ 예 안내문이나 설명서는 모두 읽는 사람이 이
해하기 쉽게 써야 하고, 핵심적인 내용을 간결하
고 정확하게 써야 합니다. 또한 일의 순서나 방법
도 잘 드러나게 써야 합니다.

● 안내문과 설명서 모두 내용을 이해하기 쉽고
정확하게 써야 합니다.

4주 137쪽　내가 할래요

● 예 제 방에 오신 것을 환영합니다. 하지만 제
세상으로 들어오시기 전에 방 앞에서 잠시 멈추
어 주세요. 그리고 똑똑똑! 문을 세 번 두드려 주
세요. 노크도 하지 않고 방문을 열면 제가 사자로
변해요. 노크를 하면 어떻게 되냐고요? 당연히
천사죠. 똑똑똑은 환영, 불쑥은 사양!

● 재미가 있으면서도 진심이 담긴 안내문을 만들
어 봅니다.

5권 구매 등록마다 선물이 팡팡!

세토 시리즈
래빗 포인트

★★ 래빗 포인트 적립하기

🐰 포인트 번호

7J51-1101-04T5-5XER

 **래빗 포인트란?**

NE능률 세토 시리즈 교재 구매 시
혜택을 드리는 포인트 제도입니다.
1권 당 1P가 적립되며, 5P 적립마다
경품으로 교환 가능합니다.
(시리즈 3종 포함 시 추가 경품 증정)

 **포인트 적립 방법**

1 세토 시리즈 교재 구입
2 래빗 포인트 적립 페이지 접속
    (QR코드 스캔)
3 NE능률 통합회원 로그인
4 포인트 번호 16자리 입력

 **포인트 적립 교재**

- 세 마리 토끼 잡는 독서 논술
- 세 마리 토끼 잡는 초등 독해
- 세 마리 토끼 잡는 급수 한자
- 세 마리 토끼 잡는 초등 어휘
- 세 마리 토끼 잡는 역사 탐험
- 세 마리 토끼 잡는 초등 한국사

★ 포인트 유의사항 ★

- 이름, 단계가 같은 교재의 래빗 포인트는 1회만 적립 가능하며, 포인트 유효기간은 적립일로부터 1년입니다.
- 부당한 방법으로 래빗 포인트를 적립한 경우 해당 포인트의 적립을 철회하고 서비스 이용을 제한할 수 있습니다.
- 래빗 포인트에 관한 자세한 사항은 래빗 포인트 적립 페이지 맨 하단을 참고해주세요.

NE 능률